プロローグ

時系列はリュートによる邪龍討伐の数日前にさかのぼる。

――恋という概念を初めて知ったのは一年前に読んだ物語の中でだった。


私の名前はリリス。姓はない。

性別は女。年齢は十五歳。

胸は……まな板という形容がふさわしい。

身長は百五十センチに満たず、ちんちくりんという形容がこれほど似合う女もいないだろうと自分でも思う。

ちなみに、私の仕事は龍王様の図書館の司書だ。

基本は脳味噌までが筋肉なのが龍族の特徴で……故に、この仕事は純粋に暇だ。

他にやる事もないので、暇つぶしには丁度良いという事で私が本に興味を持つのも必然だったのだろう。

魔術書や学術書等は一ページを理解するのに時間がかかる。故に私はそういった書物を好んで読む。が、時には英雄譚のような物語に手を出す事もある。

初めてそういった類《たぐい》の本を読んだのは一年前だろうか。

そういったヒロイックな物語には必ずヒロインが登場し、恋に落ちてハッピーエンドとなる。

何冊かそんな話を読んだ事があるから、私も恋という概念を言葉では理解できる。

しかし、経験のない事を概念……あるいは知識として以上に深く理解する事は非常に難しい。

けれど私も一応は女だ。

恋する乙女という気持ちが、あるいはその精神状態が一体全体どういうモノなのかを、上辺だけの知識ではなく実際に知りたいとは思う。

「…………恋愛……か」

埃っぽい室内。

いつもの如く、眠たげな瞳《まなこ》で魔術書に目を通しながら私はそんな事をひとりごちた。

そしてなぜかあの人の事が脳裏に浮かぶ。

「…………全く、あの人は何をしているのだろう」

GC NOVELS
村人ですが何か?
"I am a villager, what about it?"
Story by Arata Shiraishi, Illustration by Famy Siraso
白石新／著　白蘇ふあみ／イラスト
2

「……恐らくは勝負用と思われる」

「勝負用？」

「……これは明らかに対リュートを想定した勝負用だと思われる」

忌々しげに言い捨てるリリス。

「……そして私も持っている」

「持っているっつーと何を？」

「……勝負用を持っている」

「勝負用？　お前も持っているのか？」

コクリとリリスは頷いた。

「と、いうか私は普段から勝負用を身に着けている」

そしてリリスはスカートの裾に両手をかけた。

「……我常在戦場」

何故に中国語風なのかは置いといて、リリスのスカートをたくしあげる速度は速かった。

リュートが龍の里を飛び出して行ってから二年が経った。

あの後、龍の試練で父さんを屠ったリュートは龍の里における私の後見人というか……身元引受人となった。

で、そのまま彼は一人でどこかに旅立ってしまったのだ。

『……一緒についていきたい』と言う私にリュートは首を横に振った。

リュートが言うには私が強くなるためには今現在のこの環境が最適だと言う。だからこそ、リュートの旅路には同行させないのだと。

確かに、そこらの魔法大学院であれば厳重管理されているような貴重な魔術書の類が、そこらに無造作に置かれているような状況は……世界広しと言えどもあまりないだろう。

そして去り際に彼が私に残した言葉が三つある。

一つは、二年後に必ず戻ってくるという事。そしてその際には言い付けを守っていれば、リュートについていっても良いという話だった。

二つ目、私に一通りの魔術の基礎知識を身に付けておくように……という事。

そして最後の一つは……。

ゴーン。ゴーン。

と、その時、館内に鐘の音が響き渡った。

それは夕没を告げる合図で、私の就業時間が終了したということを意味する。

椅子から立ち上がり、書類を片付けていく。

龍王の大図書館は龍の里の住民登録その他の雑務も行っているが……先述のとおりに基本は暇だ。

受付カウンターの下に置かれているナップザックからサンドイッチと水筒を取る。

一口かじり私はサンドイッチの端を口に含んだまま立ち上がった。

もぐもぐと咀嚼。

戸締りを終え、周囲を軽く一瞥し、歩き始める。


——歩く先は出口ではなく、図書館の奥だ。


幾層もの埃が積もる、そんな長い長い廊下を延々と歩く。

突き当たりにあるのは、幾重もの防性魔法に守られた堅牢なる鋼鉄のドアだ。

懐から鍵を取り出し、私は重苦しい音と共にブ厚いドアを開く。

開いた先は螺旋階段となっている。そのまま私は下方に向けて歩を進めていく。

どれほど歩いただろうか。途中、先ほどと同様のドアに再度遭遇する。

今度は鍵ではなく掌をドアにピタリとくっつける。


——指紋認証という奴だ。既に、この階層はセキュリティーという意味では洒落《しゃれ》にならない領域に達している。

更に螺旋階段を降り、再度似たようなドアと遭遇する。

「司書リリス」

言葉と同時にロックが解除される……これは声紋認証。

更に私は螺旋階段を降りていく。

どこまでも、どこまでも降りていく。

そうして私はようやく辿り着いた――ここは龍王の大図書館の最下層で、最も厳重に管理されている区域だ。

私は懐に手を入れる。

最後のドアのロックを外す鍵は……龍王様から直々に賜った……許可を意味する宝珠による認証なのだ。

「……良し」

一呼吸置いて、掌に取った龍王の宝珠をドアにかざす。

と、ひとりでにオリハルコン製のドアが開かれていく。

そこまでの厳重なロックの全てを突破し、ようやく私の目の前に広がる空間。

それは一辺が五メートル程度の立方体で……端的に言えば小部屋だ。

具体的な内装としては中心部に机が置かれていて、厚さ三十センチ程度の本が置かれているという形。

椅子に座ると同時にブ厚い本を手に取る。

——秘術書：エクシオ・ドラグディンゲン。


言うまでもなく、このセキュリティーの全てはこの書物のためだ。

平たく言えば、コレには龍族の生み出した魔術の極限が記されている訳で、故に最上位のセキュリティーで保護されている。

魔術とは通常、汎用魔法とオリジナル魔法の二種類に大別される。

例えば炎系で言えば汎用魔法はファイアー、ファイアーボール、フレア、ハイフレアとなっている。

基本魔法と呼ばれる領域はファイアーとファイアーボール。

そしてフレアとハイフレアがそれぞれ上位魔法、最上位魔法となっていて、汎用魔法と呼ばれる領域はそこまでとなる。

一般的に強者と呼ばれる領域の魔法使いになりたいのであれば……ハイフレアを使えれば十分だ。

それを扱う事ができるレベルであれば、冒険者ギルドでベテランと肩を並べても、それなり程度の活躍ができるだろう。

しかし、一般的な強者ではなく、個人として戦術兵器と呼ばれるような……つまりは英雄の領域になってくると話は違う。

そこから先は汎用の魔術ではなく、オリジナルで開発された術式を身に着ける必要があるのだ。

そこで、そういった術式の取得法が問題となってくる。

汎用魔術であれば、ある程度の基礎ができていれば……後は努力の問題で、適性さえあればモノにはできる。

実際、元々、私は父さんに魔術師として仕込まれていたし、ここ二年は魔術書にずっと目を通していた。

故に、全分野での基本魔法は既に習得済みとなっている。

が、上位魔法や最上位魔法で言うのであれば……純粋に私のレベルとステータスが足りていない。

故に、その領域であれば使えないものが大半だ。

が……少なくとも知識としては習得しているので、ステータスの使用条件を満たせばすぐに扱う事はできる。


――そして今、私がこの部屋でやっている事。


それは汎用魔術の最上級魔法の……更に上の領域の魔術知識――つまりはオリジナル魔法の習得だ。

一般的にオリジナルの魔法を身に付けるために、最もポピュラーなのは大魔導士に師事する事だ。

魔術にも流派があり、オリジナル魔法とはそのものズバリで武術の秘伝に近い物がある。

物凄く単純化して説明するのであれば、それは高位の内弟子の中でのみ共有されて身内だけで更に研ぎ澄まされていくようなシロモノである。

オリジナル術式と言えば流派一門の歴代の高弟達の血と努力の結晶なのであり、門外不出となるのも当然の事だ。

身に付ける事が至難の技である事は当然として、そもそもの魔術書に辿り着くまでの下積みが必要であり、相当な時間がかかる。

そして、私の目の前にあるこの魔術書も当然、本来は閲覧するには相当の権限が必要なものだ。

基本的には龍族は肉弾戦がメインだ。

だが、地龍族の一部には変わり者が——私の父さんもそうだったのだけれど——存在する。

この魔術書はそういった有志が作り上げた術式の体系が記された、門外不出のものであるのだ。

必然的に、私程度の者に本来は閲覧の許可は出ない。

が、リュートと龍王様でこんなやりとりがあった。

『おい龍王』

『なんだい？　リュート？』

『リリスにエクシオ・ドラグディンゲンの閲覧権限を与えろ』

『ふむ。おかしな事を言う……っていうか命令口調か……ハハっ。まあいいや。で……アレは龍魔術だから普通の人間には扱えないよ？　龍と人間では脳の構造が根本的に違うからね。必然的に魔法を組む際の脳内術式も展開の仕方が全く異なる』

『まあ、そうだろうな。パソコン用に組んだプログラムやらアプリやらがスマートフォンで動くわけがないって理屈だな』

『プログラム？』

『いや、気にしなくていい』

『ふむ。まあそれはいい。エクシオ・ドラグディンゲンの閲覧権限を与えるのは構わない。けれど、魔法としての質は格段に落ちるが――人間でも扱えるオリジナルの高位魔術書は図書館にはいくつもある。そういった魔術書の閲覧権限でいいんじゃないのかい？』

『いや、それじゃあ困るんだ』

『困る？』

『リリスは俺についていきたいって言ってるんだよ』

『ふむ？』

『だったら龍魔術程度は使ってもらえないと……俺が困る』

『ハハッ……龍魔術程度ときたか……これは良いね。分かったよ……確かにここで学ぶ事ができる中では最強の魔法だ。種族の壁をどうやって突破させようとしているかは分からないが……好きにするが良い』

それから、私は一日も休まずに仕事を終えてからの時間……深夜までこの作業を毎日行っている。

つまりは、図書館に泊まり込み、秘術書に記されている魔術式の一文字一文字を脳に植え込んでいくという作業をしているという訳だ。

そう――毎日毎日気の遠くなるような程の時間、言いつけを守って、ずっとずっと同じことをしているのだ。

ページを繰り、そして一呼吸ついた。

「……脳に術式をインプットする事はできるが……しかし私は龍ではない」

膨大な量の情報――既に概ね七割方は魔法式として頭の中に入っている。

私もある程度の魔術知識があるから分かる。

この魔術書に記載されている術の数々は、極大魔法と言っても差支えのないレベルのものばかりだ。

しかし……やはり私は龍ではないのだ。

魔法式という名の定型句を脳内にインプットしたとしても、脳内の魔力回路でシステムエラーとなり……魔力は途中で飛散し、術として外部の物理法則に干渉することはない。

それは犬や猫に声帯を駆使して言語を喋れと言う程の無茶。

理論上、私が龍魔術を行使する事は不可能なのだ。

「……これに一体何の意味があるというのだろう」

そこで私は溜息をついた。

が、すぐに首を左右に振る。

何度も繰り返した自問自答。リュートがやれと言ったからそれに従うしかない。

どの道、私には他にやる事もない。

あの日、リュートは私を置いて……一人で旅立ってしまった。

曰く、『二年後に必ず戻ってくる』とのことで、課題をクリアーしていれば一緒に連れていってやっても良いとの話だった。

それから七百六十日余りが経過した。

約束の二年はとっくに過ぎている。

――今思えば、あの言葉は私を言いくるめるための方便だったのだろう。


父さんを屠った時に、彼が欲しかったのは……結局のところスキル：神龍の祝福だけだったのだ。

あるいは、あの時のその場の勢いで『連れていってやる』みたいなことを言っていたが、冷静になって考えも変わったのだろう。

私の事が邪魔になって……とはいえ、ストレートに『やっぱり連れていけない』と切り捨ててしまうのもやりづらいという事で……そして訪れたのが現況だ。

「……ふぅ」

約束の二年が過ぎてから、ここ一か月余り……私の日常は溜息に覆い尽くされている。

「……期待なんてさせずに……課題なんて出さずに……切り捨ててくれれば良かったのに」

生まれた時から不運続きで物心ついた時には既に奴隷だった私。

父さんが死んでから本当に……凍て付いてしまった私の心。

あの日……彼が『来るか？　一緒に』と尋ねてくれた時、何故だか私の心に光が差し込んだ気がした。

そして彼と共に見る外の世界を想像して……不覚にも胸が躍ってしまったのだ。

そんな事を思い出していると、視界が涙で霞んでくる。

目から出た涙が零れないように私は天井を見上げる。

「……バカバカしい。本当に……バカバカしい。来るはずのない男の言いつけを守って七百六十日……毎日毎日……本当に……」

魔術書を閉じて私は立ち上がった。

そして、うんと頷き決意する。

——再度……私は心を凍て付かせよう。心が動かなければ期待もしない。期待をしなければ傷付かないし落胆もしない。

うん。

私はこの図書館でずっと生きていこう。

どうせ生きる事なんて死ぬまでの暇つぶしだ。ここなら暇つぶしには困らない。

死ぬまでの全ての時間を読書に費やしても……蔵書の一割に目を通す事もできないだろう。

「……バカバカしい。本当に……バカバカしい」

ドアに向かうと同時に頬を涙が伝った。

ローブの裾で涙をぬぐってドアノブに手を伸ばす。

と、その時こちら側からではなく、逆側からドアノブが回され——ドアが開いた。

「……あっ」

私の言葉と同時、あっけらかんとした能天気な声が室内に響いた。

「少し遅れた。今日で二年と……一か月と少しだな」

背丈が大分伸び、体付きもガッシリとした風に見える。

けれど屈託のない笑顔は私の記憶にある少年と完全に一致した。

「…………リュート？」

「いきなりだが本題に入らせてもらう。お前に出した課題だが……魔術は使えるか？」

本当に呆れた。

龍の里に来たのも突然なら、出ていったのも突然。

そして帰ってきたのも突然で、挨拶をする間もなくいきなりの単刀直入。

本当に忙しい男だ。

「……基礎なら……全部。ステータスさえ満たせば……上位も最上位も含めて汎用魔法は全て扱える」

「龍魔術は？」

「……アレは私には使えない」

「そんな事は分かってる。使える使えないの問題じゃなくて……どこまで習得している？」

「……私の種族が龍族なら……そしてステータス条件を満たせば……七割方の術の行使は可能」

「良し」

ニッコリと笑ってリュートは私の頭を無遠慮にワシワシと撫でまわした。

リュートに触れられると同時、私はどうしていいか分からなくなって、その場で固まってしまう。

まつ毛を伏せると同時に頬が瞬時に熱を帯びていく。

恐らく私は今……猛烈に赤面している。

「後、アイテムボックスのスキルはどうなっている？」

それは課題とは言われていなかったが、余力があれば習得しておいて欲しいと、あの日に言われていた事項だ。

「……指示通りにそれは鍛えに鍛えた。スキルレベルはマックスで……今なら少量であれば……ボックス内の時を止める事も可能で生鮮食品の運搬もできる。ちなみに通常運用であれば一トンまでなら収容可能」

「上出来だ」

リュートは嬉しそうに笑い、更に乱暴に私の頭を撫でる。

本当に乱暴だが、何故だかそれが非常に心地好い。

胸が締め付けられるように高鳴り、爆発しそうな程にドクンドクンと脈打つのが分かる。

「リリス。良く頑張ったな」

褒められた。

その瞬間に頬だけではなく、上半身全体が火照りそうなほどの熱を帯びた。

「……ねえリュート？　聞いてもいい？」

「なんだ？」

「どうしてこんなに時間がかかった？　どうしてすぐに……一緒に連れていってくれなかった？」

「俺自身がまずは強くならなくちゃいけなかった……俺の行く道は全て危険な場所だ。だからまずはお前を守れるように……俺自身がな」

「……うん。それで？」

「それでって言うと？」

「強く……なれた？」

うんと頷きリュートは自信に満ちた表情を作る。

「そう思ってなかったら、お前を迎えに来ちゃいねえよ」

迎えにきたというフレーズで、更に私の胸の鼓動は一段と高鳴ってしまう。

本当に頭の中はパニックで……何と言っていいか分からない。

でも、確かな事が一つある。


——報われた。


この図書館で……この二年間私がやってきた事、その全ては今この瞬間に報われたのだ。

「あと……リリス？」

「……何？」

「お前のために探していて、そしてようやく手に入れた指輪だ。受け取ってくれるな？」

「……？」

懐から指輪を取り出したリュートは私の左手を手に取った。

そして中指に指輪を嵌める。

「……え？」

本当にどうしていいか分からない。

左手の中指の指輪……これはこの大陸では婚約の指輪である事を意味する。

もう、本当の本当に、何がなにやらわけが分からない。

リュートの笑顔と頭を撫でられる感覚。そして左手中指に嵌められた指輪。

頭がフットーしそうになりそうな中、ただ一つだけ私は理解していた。

断言しよう。

私は今、これまでの人生で一番嬉しい。

うん。本当に…………報われたのだ。

そんな私の心境を知ってか知らずか、リュートはあっけらかんと口を開いた。

「それじゃあ行くぞ？」

「……どこに？」

「邪龍の討伐だよ。これから俺の生まれた村に戻る。龍王の預言によると、俺の幼馴染が……独力では確実に死ぬらしい。だから助けに行く」

「……え？」

「で、そっから先はちょいっとハードだ。俺が今まで旅していた場所がどこか分かるか？」

「……人類の生息圏外？」

「そうだ。魔族や魔物の総べる魔界だとか呼ばれる場所か、あるいは、ほとんど誰も足を踏み入れたことがない極地だとか秘境だとか言われる場所だな。この二年間俺が巡っていたところはSランク級冒険者でも回れるようなイージーモードの場所だったんだが……今回はちょっとヘヴィーな箇所まで潜る。世界中を巡って徹底的に俺とお前を鍛え上げる。そして……一年後」

「……一年後？」

「十六歳になった俺の幼馴染は魔法学院に入学するんだよ」

「……それで？」

「そして、俺もお前も一緒にそこに入るんだ。陰から勇者をサポートするために」

ははは……と私は呆れ笑いを浮かべる。

龍の里を出た時点でリュートは、Cランク～Bランク級の、十分に強者と言える冒険者程度の実力は身に付けていた。

そして今の会話からすると、たった二年でAは愚か、Sランク級の壁を突破したようだ。

Sランクと言えば個人で戦略級の戦力を有する事を意味していて、田舎の小国であれば単独で壊滅させる事が可能な程度の、無茶苦茶な戦力である事を意味する。

どうにも私を取り巻く環境は、想像もつかない状態にまでスケールが大きくなっているらしかった。

「お前を迎えに来るのが遅れた通り時間は切迫していてな……悪いが夜明けまでに荷物をまとめてくれないか？」

「……了承した」

本当に忙しい男だ。

嵐のように現れて嵐のように過ぎ去っていく。

私もボヤボヤしていると……この男についていけずに、すぐさま振り落とされてしまうだろう。

そんな事を思いながら私は笑みを作り、そして思った。


――恋という概念を初めて知ったのは一年前に読んだ物語の中でだった。


確かに知識として知ったのは物語の中で……だと思う。

けれど、二年と少し前のあの日あの時、彼と出会った時から、既に私はその概念を感覚として完璧に理解していたようだ。

名　前：リリス
種　族：ヒューマン
職　業：魔術師
年　齢：十五歳
状　態：魅了（重度）
レベル：38
ＨＰ：６５０／６５０
ＭＰ：２１００／２１００
攻撃力：１０５
防御力：１５０
魔　力：４２０
回　避：３５０
強化スキル
【身体能力強化：レベル10（ＭＡＸ）】
通常スキル
【初級護身術：レベル10（ＭＡＸ）】
魔法スキル

【魔力操作：レベル10（MAX）】
【生活魔法：レベル10（MAX）】
【初歩攻撃魔法：レベル10（MAX）】
【初歩回復魔法：レベル10（MAX）】
【中級攻撃魔法：レベル10（MAX）】
【中級回復魔法：レベル10（MAX）】
【上位攻撃魔法：レベル10（ステータス制限により使用不可）】
【上位回復魔法：レベル10（ステータス制限により使用不可）】
【最上位攻撃魔法：レベル10（ステータス制限により使用不可）】
【最上位回復魔法：レベル10（ステータス制限により使用不可）】
【龍魔術：レベル7（種族及びステータス制限により一部を除き使用不可）】

特殊スキル

【アイテムボックス：レベル10（MAX）】
【神龍の守護霊：レベル10（MAX）】

GC NOVELS
村人ですが何か？
"I am a villager, what about it?"
Story by Arata Shiraishi, Illustration by Famy Siraso
白石新／著　白蘇ふあみ／イラスト
2

"I am a villager, what about it?"

Story by Arata Shiraishi, Illustration by Famy Siraso

2

C o n t e n t s

リリスと奴隷紋

"I am a villager, what about it"

Story by Arata Shiraishi, Illustration by Famy Siraso

邪龍を討伐し、コーデリアと別れた俺とリリスは大陸北西部へとのびる大きな街道を歩いていた。

この街道は北西の港町と大陸内部を結んでいて、海路経由の交易品や、あるいはサバやサーモンなんかの海産物の燻製などの運搬に使用される。

したがって、道は整備されているし人通りも多い。

所々に宿場街や屋台なんかも出ているし、旅路には便利な事この上ない。

ちなみに、港町なんかでは内臓の塩漬け……つまりは塩辛だな。

そんなのがあったりもするらしい。

米と一緒にかっこむ事ができないのが残念だが、白ワイン辺りと一緒に頂くと凄く美味しそうだ。

金銭的に余裕ができれば、いつかそういう事もやってみたいとは思っている。

と、まあそんな事を考えながら街道を歩いていたんだが、不機嫌そうにリリスが呟いた。

「……聞いていない」

「聞いてないって?」

「……幼馴染の勇者が女だなんて聞いていない」

まあ、言ってなかったからな。

ってか、あの後は本当に大変だった。

コーデリアはコメカミに青筋を浮かべているし、リリスはジト目で俺に責めるような視線を送ってくるし……。

その場の空気にいたたまれなくなった俺はリリスを抱えて逃亡して、修行の旅の続きをしているという訳だ。

「そんなに怒るなってリリス。別に幼馴染が女だって隠していた訳じゃねーんだしさ」

「……やはり私は陰から勇者をサポートするなんて反対。北の勇者の事なんて私は知らないし、人類に迫る破滅的大厄災なんて私やリュートには関係がない」

「そういう訳にもいかねーんだよ」

龍王曰く、俺がコーデリアを助けた事によって、前回の歴史とは状況が既に、かなりの程度で変わってしまっているらしい。

元々はゴブリン事件をきっかけにしてコーデリアの勇者としての自覚が生まれ、彼女は自分を苛め抜く形での尋常ではない修練に打ち込むようになるはずだった。

が……今回、俺のせいでそれは行われなかった。

先日、邪龍アマンタの時に、今現在のコーデリアの状況は実際に確認したんだが……。

元々の歴史ではアマンタはコーデリア単独で退ける事ができた。

が……実際に俺が見たアマンタとコーデリアの力量差は相当なものだった。

恐らく、コーデリアが二人いて、ようやくいい勝負ができるんじゃなかろうかという風な有様だったのだ。

――間違いなく、俺が知っている十五歳当時のコーデリアよりも、今のコーデリアは弱い。

けれど、そんな事情を周囲は知らずに、既定路線どおりに彼女を人類の決戦兵器として今後扱っていくだろう。

歴史が変わってしまった今では、コーデリア単独で物事を解決する事は非常に難しいだろうと思う。

「やれやれ全く……面倒な事だ」

「……面倒であれば止めればいい」

「だから、そういう訳にはいかねーんだよ」

リリスは頬をプクリと膨らませて左手の中指をこちらに見せつけるようにかざした。

そして俺を睨み付け、詰問するかのように口を開いた。

「……そもそも私は指輪を貰っている。左手の中指に貰っている。こんな事は聞くまでもないが……私と幼馴染のどちらが大事？」

何やら勝ち誇った表情のリリスに、俺は首を傾げながらこう言った。

「ああ、その指輪な。夜魔の指輪っつって、他者からのＭＰ吸引が可能になるとんでもないレアアイテムだ。絶対に失くすなよ？」

そこでリリスはキョトンとした表情を浮かべた。

「……え？」

「ん？　どうした？」

「……ＭＰ吸引……って……レアアイテム……って……いや、でも、左手の中指……」

「ん？　別につける場所は右手の中指でもいいぞ？」

そこでリリスは何かに気付いてその場でしゃがんで頭を抱え込んでしまった。

「おい？　どうしたリリス？」

リリスに向かって俺は歩み寄る。

そうして立ち止まったところで――俺はリリスが泣いている事に気付いた。

それも涙をにじませるとかの微妙な感じではなく、大粒の涙をポロポロ零《こぼ》す感じのマジ泣きだった。

「おいリリスっ!!　なんで泣いてるんだよ!?」

リリスが立ち上がると同時、俺の頬に思いっきり平手打ちが炸裂した。

「…………常識が……なさ過ぎる……」

何故だか分からんが思いっきり殴られた。

ったく……指輪にいったい何の意味があるってんだ？

左手の薬指って訳でもあるまいし。全く、女心って奴は良く分からん。

と、俺はそこで進行方向に向き直り、異変に気付いた。

延々と続く街道を道行く人々が全員――道の中央を避けて脇に寄り始めていったのだ。

「ん？　どうしてみんな脇を通ってるんだ？」

そこでリリスは不快の色を隠しもせずに吐き捨てた。

「……リュートは本当に常識を知らないようだ。左手中指の指輪の意味も知らないし……今の状況も分かっていない……頭が……痛い……」

「まあ基本は田舎暮らしだったから指輪なんてつけてる人もいなかったし……龍の里に暮らし始めてすぐに魔界やら未踏の極地やらを飛び回っていたし……」

「……それは私も同じ事。物心がつけば私は奴隷で、そしていつの間にか龍の里に住んでいた」

「じゃあ何でお前は常識を知ってんだよ？」

「……私は龍の図書館の司書。常に本に囲まれて暮らしてきた」

「俺はスキル：叡智で前回の人生の時は本を読みまくってたんだがな？」

「……リュートは自分が強くなるという観点でしか読む本を選んでいない。だから常識がない」

「なるほど。で……どうしてみんな脇を通ってるんだ？」

「……大貴族の一団が後方から来ている」

「何だありゃあ？」

従者に先導された馬車が数台。それぞれの馬車を囲うように騎乗した甲冑の男が十数名。

更にそれを囲うように歩兵と雑用番と思われる平服の連中。

人数の総数は五十～百名程度だろうか。

その中心には一際煌びやかな馬車が一台。

恐らくそこに大貴族とやらがいるのだろう。

「……王族かそれに近しいレベルの人間が長距離の移動中だと思われる」

「いや、大袈裟すぎねーか？　下手すれば百人近くいるぞ？」

「そんな高貴な人間が……武装した野盗集団なんぞに万が一にも襲われないためにあの規模にしている。あるいは自らの権威と威光を示すという意図もあると推測される」

無駄に煌びやかな馬車と大袈裟な人数を見て、俺は溜息をついた。

それに、従者の人件費を考えるとそれは正に冗談のような金額だろう。

こういったところに血税が使われている訳で……と、生まれ故郷のクソ田舎に残してきたこっちの世界での父親と母親を思う。

どれだけ働いても朝から晩まで働き詰めでも暮らし向きは良くはならない訳で……。

と、そこで道を通っていた人達は、歩みを止めて平伏を始めた。

表情が引き攣《つ》っている事から、道を空けないと貴族の不興を買うか何かでタダではすまないのだろう。

「俺も平伏しといた方がいいのか？」

「……好きにすればいい」

「好きにすれば……っつーと？」

つっけんどんにリリスは言い放った。

「……大貴族の不興を買ってボコボコにされようが、あるいは不敬罪で投獄されようが……好きにすればいい。リュートの事なんて……私はもう知らない」

「ボコボコにされればいいって……」

本当に怒ってやがるなこいつ。

ってか、こいつってこんなに感情を露わにするようなキャラだったか？

いや……この場合はそれほどまでに俺がリリスの逆鱗に触れちまったたって事だよな。

そうして俺は地面に膝をついて平伏した。

「……リュート？」

「どうしたんだ？」

リリスもまた、俺に追従しながらその場に膝をついた。

「……意外に素直で驚いた」

「権力者相手に大立ち回りするってのもな……」

そこでリリスは降参だとばかりに両手を挙げた。

「……貴方はSランク級冒険者の実力を持っている。こんな小国の大貴族程度なら……文字通りに力で何とかなる可能性は高い」

「そうなのか？」

強くなったとは思っていたが、今の俺はそのレベルなのか。

何というか感慨深いな。

とは言っても力で貴族を何とかしてしまっては、それはただの犯罪者なりテロリストだろう。

その場を何とかできたとしても……次は国家で、その先は国家連合で、最後には世界の敵と認定される。

正直なところ、流石にそこまでの包囲網を敷かれてしまうと、どうにかできる自信はないな。

そうなってくると、やはりここは平伏しておくのが正解だろう。

と、そこで馬車の内の一つが俺の眼前で停止した。

「……？」

怪訝に顔を上げてみると、馬車の中からでっぷりと肥え太ったチョビヒゲの中年男が降りてきた。

宝石で彩られた豪奢な衣装。

男は俺の眼前に仁王立ちを決めてこう言った。

「その女……面を上げろ」

言われたとおりにリリスは顔を上げる。

そこで男は醜く表情を破顔させ、リリスの顎を親指と人さし指で掴んだ。

「ふむ……貴様は……逃亡奴隷か？　しかも性奴隷だな？」

「……何故その事を？」

そのまま男はリリスの右手を掴む。

「馬車に乗れ。街で奴隷商会に引き渡す。そして道すがら……可愛がってやろう。いや、状況によっては貴様の身請けをしてやってもいい」

強引にリリスを立たせる。

男はそのまま引きずりこもうという勢いで、リリスを馬車に向けて引っ張っていく。

そうしてリリスは俺に助けを求めるように視線を送ってきた。

そういえば、奴隷紋の関係の処理は何もしてなかったな……と俺は溜息をついた。

逃亡奴隷が捕まった場合は奴隷商会を通じて、本来の奴隷の持ち主へと返還される事になっている。

確か、奴隷紋による制約……というかそのままの意味で呪術の類なんだが、逃亡奴隷は『奴隷商会に連れていく』と宣言した者の命令には、その目的を遂行するに正当な範囲で逆らえないという文言があったはずだ。

「おい、オッサン……ちょっと待てよ」

俺の言葉に中年男が振り返り、面倒くさげにこう言った。

「何だ？　下郎？　俺がファシリア王国の国王陛下の弟――大貴族と知って……口を利いているのだろうな？」

あんまりな言い方に俺はあんぐりと大口を開いた。

「幾つか聞きたい。まず、どうしてリリスが奴隷だと分かった？」

「たまには……下郎の者と話をするのも見聞を拡げる意味では有効か。よかろう、質問に応じてやろう」

隠す気もない嘲りの視線。

なるほど、ファンタジー世界なだけあって……貴族様は中々にファンタジーな性格に捻じ曲がっていらっしゃるようだ。

「俺は大貴族だ。そうであれば大量の奴隷の所有者でもある。そうであれば……当然に持っている訳だ」

「持っている？　何を？」

そんな事も知らないのか、という風に中年男は俺を鼻で笑った。

「奴隷紋の探知機だよ。俺の性奴隷の飼い方はかなり荒っぽいのでな……逃亡奴隷が多数出る訳だ」

「……なるほど。で、もう一つ聞きたい事がある。身請けとは……どういう事だ？」

「通常、逃亡奴隷を発見した場合、商会に引き渡して幾らかの謝礼を受け取って奴隷は持ち主の下に返還される。ただし……長期間行方不明となっている奴隷の場合は所有権の所在が曖昧になるのだよ」

まあ、何となく言わんとする事は分からんでもない。

不動産所有権の時効成立みたいなもんか？

「……で？」

「そうして逃亡奴隷は奴隷商会に引き渡される前に、女であれば味見をされる訳だ。そこで今回の場合であれば俺のような立場の者が……気に入る事もあるだろう？　特に、この奴隷は最上級の上玉……大貴族である俺でも滅多にここまでの上モノはお目にかかれない」

リリスに舐め回すような視線を男は送る。

下から上までをしゃぶりつくすような感じで、見ていて非常に不愉快だ。

まあ、確かにリリスは相当に可愛い。

コーデリアのような、思わず息を呑んでしまうような、芸術品的な意味での美人ではない。

そうだな。芸術品と言うよりは、どちらかというと可愛いらしい感じの容姿だ。

例えるならコーデリアは綺麗系の正統派女優みたいな感じで、リリスはアイドルグループにロリ系でいそうな感じ……。

と、そこで俺は吹き出しかけた。

リリスみたいな終始仏頂面の奴が、流石にアイドルグループにはいないだろう。

いや、そんな感じの見た目ではあるんだけれども。

まあ、どちらも美形なのは間違いないがベクトルは全く違う。

「で、気に入った場合はどうなるんだ……？」

「過去に奴隷商会で何度も何度も揉めたらしいな。逃亡奴隷を見つけた側が『金を払うから奴隷を寄こせ……！』『いや、この奴隷は俺のもんだから！』『でも、逃亡の途中に見つけたのは俺だろうが！』と、まあそんな感じな訳だな。いやはや、性奴隷と言えどもそこは男女の仲だからな、嫉妬や独占欲、あるいは純粋に恋心が絡んで……色々あったらしい」

「……で？」

男は三本指を立たせた。

「三年ルールが設けられたのだ。逃亡後三年以上経過しているのであれば、金貨十枚を支払えば身請けができるとな」

ちなみに、この世界での貨幣価値は金貨一枚が日本円で言う百万円に相当する。

一千万円での身請けという事だから、それは結構な金額だ。

「大貴族様よ……悪いんだが、この女奴隷を連れていくのは止めてもらえないか？」

「ふむ？　そりゃあまたどういう理由でだ？」

「この女奴隷を見つけたのは俺だ。そして街の奴隷商会に連れていく最中だったんだよ。それで金貨十枚で身請けをする予定だったんだ」

「貴様のような下郎がそのような金を持っているとは思えんが？」

　懐から袋を取り出して口を開く。

　そこには宝石がたんまりと入っている。一つで最低でも金貨十枚程はするような代物の数々で――

　中年男は大きく目を見開いた。

「あいにくだが、俺は結構金持ちだ」

「……確かに見かけによらず……結構持っているようだな」

　チョビヒゲをさすりながら男は何やら思案している。

　そうして、リリスの腕を掴んで馬車に向けて再度引っ張り始めた。

「あいにくだが、貴様のような下郎の言葉は聞けぬ」

「おい、待てよ！　オッサン！　先に見つけたのは俺だって言ってんだろうがよ！」

　男は首を左右に振って俺を睨み付ける。

「俺はこの女奴隷を味見すると決めたのだ」

「んなもん、知るかよ。勝手に決めてんじゃねーぞ！」

　男は立ち止まり、そして俺に向けて断言した。

「大貴族がそうすると決めたのだ。これは決定事項である！　いい加減に頭が高いぞ……下郎がっ！

「平伏せよっ！　これは命令である！」

と、そこで俺は気が付いた。

中年男の股間……ズボン越しに勃起しているのがハッキリと分かる。

「確かに、こいつは性奴隷の紋が刻まれているかもしれねーけどさ」

俺の言葉を既に中年男は聞いていない。

性欲のスイッチが入ってしまっているのだろう、鼻息を荒くして今にもズボンを脱ぎ出しそうだ。

馬車に引きずり込まれれば一分以内にコトが開始されるだろう。

ああ、とそこで俺は軽い頭痛を覚えた。


「こいつはモノじゃねえんだよっ！」


気が付けば中年男の顔面に、俺の拳が吸い込まれるようにめり込んでいた。

「そぎゃ……ぶっ！」

大きくのけぞり一メートル程吹っ飛ぶ。

そしてゴロゴロと肉ダルマが二メートル程転がり、ようやく勢いが弱まり停止した。

「ひゃっ！　ひゃっ！　ひゃあああああああああああああああ！！！」

寝たままの姿勢。

上半身を起こした大貴族の額に紫色の特大のタンコブが見る間に膨らんでいく。

恐らく、額の骨に軽くヒビが入ったはずだ。

「きさ、きさ、きさまっ！　俺に！　俺に！　大貴族に！　何を！　何をしている！」

俺は頬をポリポリとかきながらこう言った。

「殴った。以上だ」

痛みも忘れて、ポカンとした表情を大貴族の豚は浮かべる。

「殴ったって……開き直られても……」

そうして、気が付けば俺は取り巻きの――騎乗した騎士達に四方を囲まれた。

その総数は五名程度か。

一瞬だけ、闘気と同時に殺気を解放する。

馬達は野生の本能からか状況を正確に理解したようだ。

証拠に、怯えの色を混ぜた大音響の嘶《いなな》きと共に、手綱を握る騎士達のコントロールを無視し――騎士達を乗せたまま、四方八方に散っていった。

「おい、騎士共！　どこに……どこに行く！　馬すら御せぬとは何事か！」

ぶっちゃけ、そりゃあ無茶振りってもんだ。

俺が馬ならやっぱり逃げてるからな。

と、そこで大貴族を庇うように、その眼前に上半身裸の浅黒のマッチョが現れた。

そこで大貴族は安心したかのように表情をほころばせた。

「ふふっ！　待ちわびたぞ……最強の拳闘士……冒険者ギルドでも猛者中の猛者にしか与えられぬＢ

ランク級……しかもその上位にランキングされる冒険者メリッサよ！　今すぐにこの狼藉者をひっとらえろ！」

大貴族の説明台詞に、マッチョ男はコクリと頷いた。

「……」

そして無言で俺に向けて構えを取った。

「構えからしてキックボクシング……いや、ムエタイに近いか？　で……構えたって事はもう、こっちから仕掛けても良いのか？」

俺の言葉を受け、マッチョ男ではなく、大貴族が応対した。

「キックボクシング？　ムエタイ？　何の事だ……？」

「言っても分かんねーだろうから説明しねーよ」

「ふふ……まあ良い……お前、こやつの通り名を知っておるか？」

「通り名？」

ニヤリと笑って、大貴族はこう言った。

「――人呼んで、鮮血の絶対領域」

「……？」

「こやつの手足の届く距離……概ね二メートル半径は、こやつの絶対領域と呼ばれている」

「つまりは制空権に入った瞬間に……？」

満足げに頷き大貴族は言った。

「全ての者は血塗れだ」

「なるほど……カウンターの名手か……で、手足の届く範囲……だったよな？」

先程から、メリッサと俺は小刻みに距離と間合いを取りあっていた。

そして現在の距離差は十メートル程度。

俺は不敵に笑い、地面に膝をついてクラウチングスタートの姿勢を取る。

そこで、今まで無表情を貫いていたメリッサの表情に笑みが走る。

そうして、大貴族の笑い声が周囲に響いた。

「ふはは！　真正面からメリッサに挑むだと？　拳闘士の恐ろしさを知らぬと見える——それでは、超絶技の領域にまで達した……規格外のカウンターのいい的だぞ？」

大貴族は大笑いしながらメリッサに視線を送り、メリッサもまた半笑いで大きく頷く。

どうやら、俺の行動が無謀だと取られたらしい。

そうして、俺は呆れたように口元を吊り上げる。

いや、事実として俺は呆れているのだ。


——なるほど。さすがはBランク級で止まっている冒険者だ。俺を相手にするなら、ちょいっとばっかし無能に過ぎるだろ。

「彼我の実力差も分からねーか……俺にカウンターを喰らわせるなんざ二十年早いぜ？」

小声で独り言ちると、俺はスタートダッシュを決めた。

手加減をして音速突破は止めておく。今回は身体能力強化関連の術式は使用しない。

一瞬で距離を詰めて、そして俺は感嘆の溜息をついた。

「へぇ……」

前言撤回。

Bランク級もそこまで捨てたもんじゃない。

実際、身体強化なしとは言え、俺の速度は新幹線位は出てるはずなんだけどな。

こいつ――的確に反応しやがった。

そうして、メリッサの右ストレートが俺に向けて繰り出された。

軌道を読むに、多分、俺の顔面に綺麗に当たるルート。

「……だが、おあいにくのようだな」

直撃を受ける前に、右斜め三十度の方向に俺は飛んだ。

直線状に、くの字の軌道を取る。

そうして――俺はメリッサの真横を経由し、その背後を取った。

「よいしょっと！」

大声と共に俺は飛び上がり、回転蹴りを放った。

ソバット。

加減された打撃は――後頭部に綺麗に決まり、瞬時にメリッサは白目を剥いてその場で倒れた。

ドサリと、重たい音と共に、メリッサは地面に沈んだ。

しばしの沈黙。

状況を上手く把握できなかったらしい大貴族様は、概ね十秒の時間の後に、ようやく状況を認識して、こう声を出した。

「あわ……あわわ……」

そうして俺は、怯える大貴族に向けてウインクをした。

「で……どうする？」

「ファっ……ファっ……」

俺は満面の笑みで……まあ、狂気にも見えるような突き抜けた笑みを浮かべて大貴族に迫る。

大貴族は腰を抜かしてその場でプルプルと震え始めた。

と、そこでジョロジョロと嫌な音が聞こえた。

そして地面に広がる染み。汚いなこいつ……漏らしやがった。

蒼白な表情の大貴族に向けて、なおも俺はスマイルを崩さない。

「でさ……こいつは性奴隷の紋は刻まれているかもしれない」

リリスを指さし、俺は溜息をついた。

俺の言葉に、泡を吹きながら振り絞るように大貴族は声を出した。

「ひゃっ……ひゃっ……」

「けれど、決してモノじゃねえ。というか……こいつは俺の……俺の大切な奴等の一人なんだよ。ある程度の侮辱までは我慢ができるが……性的な狼藉は……誰が許そうが、俺が許さねえ」

そうして俺は右手を突き出し、大貴族の鼻の先端にもっていく。

「二度と手を出すな、豚野郎！」

デコピン。

ただし、その速度は尋常ではない。

パキョンっとコントのような音が鳴る。

同時に、鼻骨を粉砕。即時に濁流のように鼻血が溢れ出る。

「あびゃっ……あびゃびゃああああああああああああ！！！」

聞くに堪えない重低音と共に、俺は立ち上がる。

そうしてリリスの手を引いて道を歩き始めた。

大貴族の私兵達が行く手を阻む。

その総数は十名を超える。

運が悪く俺の正面に立っていた二人——その顎に優しくデコピンを決める。

その効果は素人の成人男性がボクサーの世界ランカークラスから、顎に綺麗に全力の打撃を喰らった程度だと思ってくれればいい。

不可避の速度で放たれた軽い打撃で、脳がシェイクされた歩兵二人はそのまま糸の切れたマリオネットのようにクシャリと地面に倒れた。

未だ意識ある歩兵達に戦慄と恐怖が拡がっていく。

「――――どけよ」

ドスを利かせた声がトドメとなり、俺の眼前には、モーゼの十戒の伝承のように道が出来た。

「おばェ……お……め……えぇ…………お……ま……え……ぇ……は一体……？」

背後から、鼻から血を流しすぎて……半ば呼吸困難に陥った大貴族の声が聞こえた。

「ん？　俺か？」

そうして、俺は後ろに向けて手を振りながらこう言った。


「――――俺は世界最強の村人だ」


大貴族のオッサンを殴り倒してから二時間後。

俺とリリスは街道を歩いていた。

で、俺は今、困っている。

何故かと言うと先ほどからリリスが俺の手に絡み付いて離れないのだ。

指と指を絡めて手を握ってきたり、あるいは俺の腕にしがみ付いてきたり……うっとうしい事この上ない。

「リリス？」

「……リュートは言った。私を大切な人……だと」

「いや、まあ、大切な奴等の一人だとは言ったよ？」

「……クフッ……クフフっ……私は……リュートの大切な……クフフ……」

「リリス？」

「……リュートは言った。確かに言った。私を……大切な人だと……クフっ……クフフフっ……クフフっ……やはり中指の指輪……意味……リュートは知っている……恥ずかしいから知らないふりをしていただけ……クフフっ……」

真面目に、リリスの様子がおかしい。

むしろ、ちょっと怖い。

まあ、それは良しとして……。

「奴隷紋はどうする？　被対象者の実力がほぼ無視された状態での洗脳の呪術刻印だ」

「……今の買主……私は移送中に龍の里に行ったから、顔も見た事がない……金貨十枚で身請けはできるという話。そうならばリュートが私の主人となればいい」

「っつーと、どういう事だ？」

大真面目な顔で頷くリリス。

俺はそこで小首を傾げた。

「何言ってんだお前？　意味分かんねーんだが……」

見る間に、リリスの頬がリンゴ色に染まっていく。

「……朴念仁」

顔全体を真っ赤に染める。

そして、一大決心をしたかのように、リリスはこう言った。

「…………奴隷紋……それをリュートとの絆にしたいから。好きにすればいい。私の全てを……リュートの思うがままに……」

俺とリリスの間に訪れる沈黙。

「……」

「……」

リリスは熱を帯びた艶っぽい湿った視線を俺に送ってくる。

しかし、俺はどうしていいか分からない。

「……」

「……」

「……」

見つめ合う事数十秒。

遂に耐え切れなくなった俺はリリスに素直に疑問をぶつけてみた。

「いや、本当に意味わかんねーんだが」

そこでリリスはやれやれと肩をすくめた。

「……理解されなくていい。けれど、私がそれを望んでいると、その事だけは理解してほしい」

「そうかよ。好きにしろ。ただし、買受けするにしても……制約関連はどうなるんだ？」

「……再契約扱いになると思うからリュートの好きにできるはず」

制約関連。

それは奴隷としての使用条件みたいなもので、労働奴隷はまだマシな部類で、性奴隷になると最底辺の扱いとなる。

まあ、要は……どこまで無茶をしていいかという、そういう基本的な約束事のようなものだ。

「当然の事だが、そのあたりについてはほとんど白紙にしておくぞ？」

そこで、リリスは不機嫌に片頬を膨らませた。

「…………私はリュートに……過度な制約を…………束縛を……されたい……そうする事で私は絆を感じる事ができる……」

「ん？　何か言ったか？　今、物凄く地雷女みたいな台詞が聞こえた気が……」

「……いいや、何も言っていない。リュートがそうしたいなら。私はそれでいい」

そこで、あまりにも小声で俺には良く聞こえなかったのだが……リリスは何かを呟いていた。

「……しかし、まさに僥倖《ぎょうこう》。ベストタイミング。幼馴染の勇者に……これで一歩リード。ところでリュート？」

「何だ？」

「……どうして私達は港町に向かっている？　船でどこかに移動するの？」

「いいや」と俺は首を左右に振って言葉を続けた。

「陽炎の塔って知ってるか？」

「代々の勇者が使用してきた聖剣の安置されている場所と聞いている。恐らくは……近い将来にコーデリア＝オールストンが装備する事になる剣」

「ああ、その通りだ。そして俺の狙いは二つある」

「二つ？」

「一つは港町ターレスの近く……まずは人界でリリスを短期間で、人類の生息圏外でも通用する最低限のラインまで鍛え上げる。そしてもう一つは……陽炎の塔だ」

「……安置されている勇者の……神託の聖剣を盗み出すつもり？」

俺は呆れ笑いと共にリリスの問いに応じた。

「神託の聖剣って言っても対魔法《アンチマジック》の属性がついてる程度のアーティファクトだ。俺が使ってるエクスカリバーの神殺し属性の方が遥かに有用だし、将来のコーデリアの装備をわざわざ盗む必要はねーよ」

とは言っても、人界で手に入る剣の中では最高クラスの性能なのも間違いない。

そんなものを盗み出したら更にコーデリアが弱体化しちまう。

どっちかって言うと、是が非でも聖剣はコーデリアの腰の鞘に収まってもらわないと困るのだが。

——まあ、それはおいといて。


そんなこんなで俺達はそこそこの規模と活気を誇る港町ターレスに辿り着いたのだった。


魔界には二種類ある。

亜人である魔族が総べる地域と、獣に近い生態を持つ魔物が無秩序に闊歩している地域だ。

そして、今現在のこの場所は魔族が総べる地域と、人間が総べる地域の境目となっている。

言い換えるのであればここは人間の勢力圏と魔族の勢力圏の狭間に存在する緩衝地帯だとも言える。

魔族は人間よりも平均的に個体の魔力が強い。

そして、人間よりも建前に縛られずに、欲望に忠実である事を抜きにすれば、基本的には人間と変わらない。

人間のそれと比べれば相当に自由ではあるが、社会形成のための最低限の法律もあるし、殺伐とはしているが最低限の秩序もある。

が、ここは境界の世界。

人間界の法律も、魔族の法律すらも通用しない無法地帯だ。


――そんな境界の土地に所在する都市：ヴィシュメール。


例えば、この都市におけるカジノ。

そこでは金が無くなれば、奴隷契約書に自らの名前をサインすれば、男であれば労働力、女であれば美貌に見合った金をすぐに貸してくれる。

例えば、娼館や奴隷市場。

そこでは、男でも女でも、大人でも子供でも、亜人でも魔物でも、あるいはそれが絶滅危惧種の獣であっても……金さえ出せば何でも買える。

酒場に入れば、人間の国では単純所持ですぐさま打ち首になるようなドラッグがアルコールと一緒にメニューに並んでいて、常にドラッグパーティー状態だ。

武器屋に入れば呪いの武器やら、禁術指定の魔術の込められたモノやらで溢れている。

まさに無法地帯。

ただし、強盗や殺し、あるいは強姦の類はご法度となっている。

何故かと言うと理由は簡単だ。

ここは人間の金持ちと魔族の金持ちが金を出し合った結果産まれた、一大レジャー施設なのだ。

街を支配するのは自警団による暴力を背景とした商組合。

金のために有益であれば、最低限のルールもまた、必然と定められるのが道理。

そして、そんな享楽と堕落に支配された暗黒街の目玉の一つが——円形闘技場となっている。


そこは半径二百メートル程のコロッセウムだった。

客席に囲まれた四角い石製のタイルで表面をコーティングされた円形の試合場。

それは大人数の戦闘も考慮されていて、半径五十メートル程度とかなり広い。

昼下がりの陽気の下、満員の会場の熱気は更なる高鳴りを見せていた。

客席には二種類ある。

入場無料の自由席と、相当な値段を取られるが相応のサービスが受けられる観覧席だ。

自由席の客層は最悪だ。

鉄火場の様相ゆえに一日で全財産をスってしまうような者も多いような有様で――皆一様に目を血走らせている。

客層としてはボロを纏った、宿無しの日雇い人夫の類も多く、その場にいるだけで、中々に臭いも強烈だ。

しかし、観覧席となるとかなり様子が異なる。

シャンデリアと赤絨毯に彩られた部屋の中。

談笑に興じているのはナイスミドルの紳士や淑女。

皆が一様に立派な身なりの、国に帰れば大貴族や大商人といった風情の連中ばかりだ。

だがしかし、そんな彼等のお目当てはただの殺戮ショーであり、どれほど肩書や服装が立派だろうが……ロクなものではない。

流石に彼等も趣味が悪いのは承知の上のようで、仮面を被ったり等の最低限の変装は施している。

設備が豪華なだけに、半ば仮面舞踏会の様相を呈しているような室内――全員の視線が試合場に向けられた。

視線の先。

試合場に現れた燕尾服と黒ハットという服装の男が、中央へ向かって早足で歩いていく。

「レッディイイイイイイイイイッス&ジェントルマアアアアアアアアアンッ！　お待たせしましたっ！　それではあああああああ本日のメインイベントを始めますっ!!」

風系魔法の応用で音声を増幅しているらしく、広大な闘技場の全てにその声が響き渡る。

「挑戦者！　西の勇者……聖槍のオルステッド＝ヨーグステンっ！　二十二歳っ！　当代勇者の中では唯一成人しており、そのままの意味で戦略兵器でございますっ！」

会場全体が沸き立った。

重低音が響き渡り、会場の外にまで伝わりそうな程の熱気が巻き起こる。

「史上最年少のSランク級冒険者認定は伊達ではありませんっ！　前々回の鮮烈なデビュー戦では数々のルーキーを瞬殺してきた闘技場の番犬……討伐難度Aランク級の魔物：ケルベロスを……逆に瞬殺っ！　一刀のもとに屠り去りましたっ！」

燕尾服の男が更に続ける。

「更に続く二戦目――十二戦全勝全殺のSランク級冒険者……東方の狂戦士《サムライ》：カジワラの刀を破壊し、勝者には相手を嬲《なぶ》る権利が与えられているこの闘技場では珍しい――無血決着っ！　虫唾の走るフェアプレイ精神で会場を覆い尽くさんばかりのブーイングが起きた事は記憶に新しいっ！」

そこで会場に、前回を彷彿とさせるブーイングが鳴り響いた。

「そして本日——当初契約により三戦目で王者への挑戦となり……同時にこれがオルステッドの最終試合となりますっ！　さあ皆さまお待ちかねっ！　ここで王者の登場となりますっ！」

会場のボルテージはここでマックスに達する。

何かが爆発したかのように空気が震え、そして膨張し、炸裂音にも似た歓声が一気に沸き上がった。

「六十七戦無敗！　Sランク級を超えし者……銀髪の魔剣士：エスリン＝マクベスっ！」

割れんばかりの歓声を受け、燕尾服の男は更に言葉を続ける。

「今回は通常の対戦では賭けが成立しないので、王者側のハンディキャップ戦となります!!」

燕尾服の男の発言に眉を顰める、オルステッドはやれやれとばかりにひとりごちた。

「勇者相手にハンディキャップか……私も本当に舐められたものだ」

そして試合場に大男二人が何かを抱えて登場した。

「ソレは……なんだ？」

大男二人が運んできたモノを見て、勇者オルステッドの表情が凍り付いた。


——それは二十代後半の妙齢の女性だった。

豊満な胸とくびれた腰。

そして妖艶と言える艶めかしく肉々しい曲線を携えた臀部《でんぶ》は女をアピールするには十分過ぎるだろう。

銀髪の腰までの絹髪が彩る褐色の肌——薄布を身にまとっただけの彼女には武器や防具の類は見当たらない。

「ソレとは……この女性……王者の事でしょうか？」

燕尾服の男に引き攣った表情でオルステッドは尋ねる。

「だってソレには……手足がついていないじゃないか」

だからこそ、オルステッドは驚愕しているのだ。

何しろ、本当に彼女には四肢が無く、今現在……大理石の床の上に文字通りに仰向けで転がっているのだから。

「今回のハンディは四肢の全損ですっ！」

会場の熱気は最高潮に達した。

「当闘技場には優秀な医療魔術師が控えております！　特殊な魔法で綺麗に切断させておりますので、数時間のうちに治療をすれば——王者の四肢はすぐに復活する事をお約束しましょうっ！」

血液の付着した包帯が彼女の四肢に巻かれており、それは細工が——ほんの少し前に行われただろう事を意味している。

絶句したオルステッドは呆けた表情で王者：エスリン＝マクベスに問い掛けた。

「……聞く限り、貴方は剣士との事だが……四肢全損の状態で……この私とどうやって戦うつもりだ？」

　そこでエスリンは不敵に笑った。

「痛み止めのマンドラゴラのトリップで……多少は酔っぱらっているケドね……？　私がアンタみたいな坊やに四肢が無い程度のハンデでどうにかされるって？　こいつはとんだお笑い種ね」

「しかし、いくら何でもそれは……」

「私は強過ぎるんだ。普通にやってれば賭けが成立しないってもんで、大体はハンディキャップで……こういうスタイルなのさ」

「しかし……ダルマのような状態で……そこから何ができると？」

　そこで試合開始の鐘が鳴った。

　すぐさま、鐘の音を掻き消さんばかりの勢いで観客達が吠える。

「……ふふっ」

　エスリンは笑いと共に腹筋で体躯を起こし、そして尺取り虫のように飛び上がった。

「上半身のバネだけで……跳んだ？」

　が、オルステッドは冷静沈着そのものという風な落ち着いた動作で槍を構える。

　そうして迫りくるエスリンに対して迎撃の姿勢を取った。

「それなりの速度だが……甘いな。というか……正直失望した」

「失望？　何にだい？」

「確かにその体で動ける事は驚愕に値するが……ただそれだけだ。そもそも貴方と私にハンディキャップが必要だったのかどうかも甚だ疑問だ。貴方の動きは全てが予測される範囲内で……私の想定と反応速度を超えてはいない」

槍をしごいてオルステッドはエスリンを完璧にとらえる。

「終わりだ……」

しかし、オルステッドの槍は空を切った。

「えっ?」

それはつまり――残像を残してエスリンが消えたという事。

「痛っ!」

と、同時にオルステッドは全力で前方に向けて跳躍する。

十メートル程前方に跳んだオルステッドはすぐに後方を向き直る。

「何をした?」

首の右方から濁流のように血を垂れ流すオルステッド。

彼の疑問に答えるように、つい先刻まで彼が所在していた空間の地面に転がったエスリンは、赤い肉塊を吐き出した。

「……背後に回って頸動脈近辺の肉を食いちぎっただけさ」

「なっ……?」

と、同時にエスリンは再度……消えた。

「どんな手品を使って移動しているかは分からないが……そこだっ!」

右後方に向けてオルステッドは槍を繰り出す。

「手ごたえありっ！　って……そんな馬鹿なっ！」

槍はエスリンに直撃していたが、そこで信じられない事が起きた。

空中で、歯だけでエスリンは槍の穂先を白羽取りしていたのだ。

「くそおおおっ！　何なんだお前はっ⁉」

そのままオルステッドは槍を振り回してエスリンを引きはがした。

明後日の方角に回転しながら飛んでいくエスリンは、やはり不敵に笑う。

「ふふっ——今のを避けるとは思わなかった。人間の勇者如きが——よくぞ私にそこまで食い下がったよ」

ゾワゾワとオルステッドの肌が粟立っていく。

それもそのはず、会話の途中で音の発生源が右斜め前方十二メートル程から、自分の左耳元——数センチに変わったのだから。

「でも、これで終わり」

「うっ……うっ……うわあああああああああああああ」

そして再度オルステッドの首筋に走る鋭い痛み。

今度は左の頸動脈が持っていかれた。

これ以上の戦闘は不可能と判断し、オルステッドは両手を挙げた。

「……降参だ」

地面に転がる女を見下ろしながらオルステッドはそのまま両膝をついた。

「あら？　戦闘中に両手を挙げるなんて……不用心ね？」

オルステッドの両手首にほぼ同時に鋭い痛みが走った。

そして気が付けばエスリンは地面を転がりながら肉塊を吐き出した。

「くっ……手首の動脈までも……何が起こっている？　攻撃が全く見えない……時間停止でも……時を操っているとでも言うのか？」

「ふふ。死に行く者にそれを言っても……仕方がないさね」

ドサリ……とオルステッドはその場に崩れ落ちた。

先程から、噴水と表現しても差支えのないレベルで失血しているのだから無理もない。

オルステッドを中心に、大理石の床に血の湖が広がっていく。

と、そこでエスリンの背後から呆れたような声が発せられた。

「そやつは一応は勇者じゃ。年齢は二十二歳と大分成長しておるが……それでもまだ伸びしろはある」

年の頃なら十歳と少し程度。

ツギハギだらけのクマのヌイグルミを両手で抱き、ゴシックロリータ風の黒を基調にした仕立ての良い服。

どこまでも細い四肢は触れれば壊れそうな程にきめ細やかで繊細。加えて膝までの金の絹髪。

そんな少女は甲高い言葉でエスリンに向けて言葉を続けた。

「まあ……現状はSランク級下位とは言え…………境界再編の際、亜人や魔族も含めたヒト種の鬼札になりうる決戦兵器じゃ。それをこのような形で費消するのも……な」

「魔界の禁術使い……マーリン＝オニキス……」

床を転がり、エスリンは上半身を起こした。

そして不満そうに、自身がマーリンと呼んだ少女を睨み付けた。

「なんじゃ？　気に喰わんならワシが相手をしてやっても良いぞ？」

「冗談はよしておくれ。アンタと私では相性が最悪で……できればこっちはアンタとは二度と関わり合いになりたくないんだからね」

マーリンは掌をオルステッドに突き出した。

と、同時にオルステッドは淡い緑色の粒子に包まれて――傷が見る間に塞がっていく。

「お主の四肢欠損も回復してやろうか？　エスリンよ」

「どうして私が借りなくてもいい借りを、アンタに作らなくちゃいけないんだい？」

「全く変わらぬのう……。そうじゃ、それはそうとこの前、面白い十五歳の子供と出会うたのじゃがな？」

「面白い子供？　十五歳……ひょっとして勇者の中で最年少……北の勇者の女の子の事かい？　アンタの趣味にどうこう言うつもりはないけれど、お節介焼きで今まで面倒に巻き込まれてきたんじゃなかったのかい？」

「いいや違う。勇者ではなくてじゃな……ただの村人じゃよ」

「村人にアンタが興味を示したってのかい？」

「さすがにただの村人と言うには語弊があるかの。まあ、少なくとも……半年ほど前の私の知っている彼は……せいぜいがAランク級の中位ってところじゃな」

「十五歳の村人でAランク級の中位か……よくぞそこまで……と言ってあげたいところだけどねぇ……」

「けれど？」

「眼中にないさね……そんな雑魚」

「いやいや、それはあくまで半年前という話で、奴ならば今はSランクの中位か……あるいは上位まで来ておると思うぞ？」

「半年でそこまで……まあ、確かに成長速度はとんでもないけど、現時点では私やアンタからすると雑魚には変わりないさね」

「ふふ……しかし、いつか奴は……まず間違いなくワシの領域まで来るじゃろうな。まあ良い、一つ預言をしておいてやろう」

「預言？」

頷きながら甲高い声でマーリンは続ける。

「そう遠くない未来にお主はその村人と必ず出会う」

「っていうと……どうしてなんだい？」

「奴の当面の目的は陽炎の塔じゃからじゃよ。そして目的は……聖剣の間ではなく更に奥にある」

「……なるほど。それじゃあ私と確実に出会うだろうね？　そしてそれを教えたのは……」

「そう。ワシじゃよ。いや……正確に言うのであれば奴は眉唾の知識としてはソレは知っておった。結果的にはワシが情報の信頼度を最高レベルにまで補強してしまったという事じゃな」

「確実に死ぬというのに……何故？」

「穢れのない瞳で……強くなる方法をワシに尋ねてきたからの。奴が魔術師なら……ワシの知識を数十年かけて仕込んでも良かったのじゃが、奴は剣士じゃ。で、あれば……手っ取り早く人間を辞めるのであれば、陽炎の塔じゃろう？　そう……お主のようにな」

「……弟子に取ってもいいって……人間嫌いのアンタがかい？　それほど気に入っているのなら……絶対の死地を何故教えたのかね？　全く……理解に苦しむさね」

　フフっとマーリンは自嘲気味に笑った。

「本当に何故じゃろうか……でも、思ったものは仕方がない」

「思ったって……何を？」

「リュートなら、お主に勝ってしまうかも……とな」

　一笑に付し掛けたが、そこでエスリンは真面目な表情を作った。

「私が負けるとは思わないが……けれど少なくとも……アンタがそう思う程度の相手ではある……ということかい？」

「現時点で奴にお主が負けるとは……さすがにワシも思わんが……」

　ともあれ……とマーリンは言葉を続けた。

「生物としてのランクを一つ上げるための試練。強くなるための道としてこれほど分かりやすいものはないからの。必ず近い将来にリュート＝マクレーンはお主のところに辿り着く」

魔界と人間界の境界の闘技場において、四肢欠損のハンディキャップ戦をもってすら不敗を誇る絶対王者エスリン＝マクベス。

そして地上最強の村人：リュート＝マクレーン。

——接触の時は近い。

ターレスの港町。

カモメが宙に舞い、どこまでも青い晴天の下、気の荒い漁師や荷運び人夫の怒声が飛び交う。

サバ街道の始発地点でもある——にぎわう港を横切って俺達は街の中央に向かう。

多くなる人通りに比例して石畳の道が広くなっていく。

道を挟む建物も立派なレンガ造りの建物に変わっていく。

串焼きや雑貨の屋台がチラホラ見えるようになった辺りで、俺達の目にその店が飛び込んできた。

看板にはアムリス宝石商と書かれていて、かなり古ぼけている外観をした二階建てのレンガ造りの建物だ。

聞くところによると、この店は街唯一の宝石商ということだ。

俺達はノックと同時にその店に入った。


——数分後。

柔和な笑みを浮かべながら髭面の店主が口を開いた。

「はは、冗談を言っちゃいけねえ」

俺が小袋からぶちまけた宝石の内の一つをつまみながら店主は続けた。

「これはブラックオパール……って言いたいんだよな？　本物なら一粒で買い取り価格は金貨十枚だ

ぜ？」

　そこで半笑いになりながら、店主は赤ちゃんの拳サイズの紫の宝石を手に取った。

「で、ブラックオパールが一番安価な品物ときたもんで……後は本物なら目玉が出るようなシロモノのオンパレードだ。例えばこれは特大のアメジストって言いたいのか？　このサイズだと世界的なオークションで取引されるようなもので、こんな場末の宝石商じゃあ値段もつけられない」

　更に店主は言葉を続ける。

「龍宝珠に金剛石、ブルークリスタルにオリハルコンの細工を施した指輪……どこぞの王室の歴代の隠し財産なんだよ。それを薄汚いガキ共が小汚い袋にミッチリつめて持ってこられても……な」

　これを見つけたのは極地の深部……古代文明の旧都だ。

　王族か大貴族か……とりあえず金持ちが残した蔵っぽいところから拝借したので、マジモンなのは間違いない。

「いやいやいや、信じられない気持ちも分かるけどさ。本物なのは本物なんだよ」

　そこでリリスも俺に口添えをした。

「……リュートは嘘をついていない。この中で一番安い宝石……ブラックオパールを通常の仕入れ価格の半分の金貨五枚でいいから……買ってもらえればお互いに助かるはず」

　リリスの言葉を鼻で笑い、店主は眉間にシワを寄せた。

「いい加減にしないと衛兵呼ぶぞ……クソガキども」

「……全く。どこまでも分からず屋……これは本物だと言っている」

「だから衛兵呼ぶぞってんだよ、クソガキ共っ！」

そこでリリスも眉間にしわを寄せた。

「……衛兵を呼ばれる筋合いがない。宝石商に宝石を売りに来て何の問題がある？」

店主は店の奥に控えていた雑用の十二歳くらいの小僧に声をかけた。

「おい、お前！」

「は、はいっ！」

「今すぐ衛兵を呼んでこい！」

小僧が走り出しそうになったところで、俺の頭痛はマックスになった。

とりあえず、俺の脇を通り過ぎそうになった小僧の首を掴んで持ち上げる。

「すまないな。衛兵は勘弁してくれや。後……リリス？　宝石を片付けてくれ」

そこまで言って小僧を床に降ろす。そして店主に向けて頭を下げた。

「これ以上は止めておくよ。すまなかったなオッサン」

そこで店主はフンと鼻を鳴らした。

「偽物を掴ませるにしても、もう少し現実的にやるんだな？　まあ、俺のような目利き相手では何をどうしようが本物を持ってこない限りはどうにもならんがな！　ハッハッハッハ！」

今にも噛み付かんばかりにリリスは店主を睨み付けるが、俺は彼女の手を引いて店を後にした。

宝石商からの帰りの道すがら、俺は屋台で何だかよく分からない肉の串焼きを三本買った。

二本は俺で一本はリリスだ。

「どうやら高価過ぎたみたいだな……」

「……しかし偽物ではない」

「でも……そりゃあ、偽物と思われるだろ」

現代日本でも、質屋に数億円とか数十億円の宝石を、中学生か高校生の子供が持ち込んでも相手にされない事態は十分に想定される。

だから、そこには俺も疑問は思わない。

「……でも……偽物ではないのだから」

しかしリリスは本当に不満げな表情だ。

「だからさリリス？　そこはこの際……問題じゃねーんだって」

そこで俺は串焼きを口に入れた。

美味い。

何の肉だか分からない謎肉だが、カップ麺に入っている系の……良い意味での謎肉だ。

「リリスも食えよ。これめっちゃ美味いぞ？」

ふむ……としばし考えてリリスは串焼きをほおばった。

「…………美味しい」

「な？　美味いだろ？　感動モノだよな？」

そこでリリスは不思議そうな顔をした。

「……感動？　確かに美味しいのは美味しいが、それは普通に美味しいという意味」

「舌が肥えてるんだなお前？」

「……私の生活は……基本は質素なハズ」

まあ、それはさておき……と、俺はその場で頭を抱えた。

「不味ったな……どうやって金を工面しようか」

現実的に、すぐに金を作るのは難しそうだ。

帝都や王都のオークションなりに出品すれば、流石に偽物扱いはされないだろうが、そこまでの往復と手続きの時間が惜しい。

コーデリアが魔法学院に入学するまで既に一年を切っていて、時間がないのだ。

元々、しばらくの間はリリスのパワーレベリングの予定だった。

最低限の実力を身に付けさせた後に頃合いを見て人界を出る。そして魔界やら極地やらの最深部まで潜って、超高ランクの魔物を狩りまくる予定だった。

で、そのためにはリリスの持つアイテムボックスは必要だ。

今までそこに挑戦しなかった理由の一つは純粋に実力不足だったからで、そこは既にクリアーした。

今なら挑戦できる自信もあるし、実際に実力もあると思う。

そして二つ目はアイテムボックスのスキルを俺が持っていなかったからだ。

食い物や水、そして生活物資の全てを現地調達ってのは、数か月に及ぶ遠征の場合は現実的ではない。

現状、リリスはアイテムボックスのスキルをマックスまで上げている。

従って、今回は両方共にクリアーされた訳だが……。

「リリスを奴隷から解放する以前に、物資を買い込む資金すら作れないじゃねーか……」

「……お金が作れないって……何を言っている？　そもそも龍王様から貰った金貨はどうした？」

そういえば最初に龍王から、かなりの枚数の金貨を貰った気がする。

「最初の装備を整えた後に速攻で捨てたよ」

「捨てた？」

リリスは目を大きく見開いた。

「街の中ならいざしらず、遠征中に金なんて嵩張《かさば》るだけで何の役にも立たないだろ？　金貨ってのは重いんだぜ？　そんなもんを持つ位なら水を少しでも多く持っていくよ」

「……重たい？　金貨が？」

そしてリリスはポカンとした表情を浮かべた。

「……んん？」

「ん？」

「…………ん？」

「ん？」

眉間に人差し指をやり、リリスは深い溜息をついた。

「話が噛み合っていない」

「だから、長旅には金貨は無駄な荷物だろう？」

「……それは分かる。確かにそれは分かる……が……リュートのＭＰは無尽蔵なはずで……アイテムボックスの容量は……とんでもないはず」

「ん？　何が言いたい？」

「当然、所持しているアイテムは高価な物ばかりのはずで……高価過ぎないような換金アイテムも幾らでも持っているはずで……いや、それ以前に金貨を捨てる意味が分からない」

「……？」

「アイテムボックスとは一種の空間魔法であり重力魔法でもある。重力係数は意味をなさず、質量の概念はあれども重量の概念は雲散霧消する。必然的に金貨程度の体積で嵩張るという発言は……」

ああ、その事か。

要は便利な四次元ポケットがあるんだから重いとか、そういう事は関係ないだろうという話だな。

それはまあその通りなんだが……。

「何のためにお前にアイテムボックスを鍛えさせたと思っているんだ？」

「……どういう事？」

「俺は基本は手ぶらだ。リュックサックに入っているのは水だけだ。極限状態での命のやりとり……そんなサバイバルに金貨みたいなもんは邪魔でしかなかったんだよ」

「……え？」

「だからアイテムボックスを俺は使えないんだって」

「呆れた……五桁を超えるＭＰを持っていて……アイテムボックスすら使えないなんて。というか……貴方が持ち帰らなかった秘宝や魔物の素材、そしてアーティファクトの数々は天文学的な金額になるはず」

「まあ、しゃあないだろ」

心底呆れたという風にリリスは大口を開いた。

「…………いや、そこを……しゃあないで……すませるの？」

「過ぎた事だろうに」

「……本当にどうにかしようと思えば……ある程度はどうにでもできたはず。もったいない事この上ない」

「だから宝石は小袋に詰めてたんだがな。しかし、街に立ち寄るなんて一年ぶりで……ずっと人里離れたところで野宿生活だったし……まさか宝石の換金を断られるとは思いもしなかった」

「……それにしたってこんな高価な宝石の数々……少し考えれば分かるはず。本当にリュートは常識がない」

「だからまあ、それはしゃあないだろって」

「……仕方なくない。実際にそれで今……お金がなくて困っている」

互いに顔を見合わせて大きく溜息をついた。

「……ところでリュート？　貴方はさっき持ち物は水だけだと言った」

「ん？」

「……食生活的な意味で貴方は普段はどんな生活をしていた？」

そうだな……としばし俺は思案に耽《ふけ》る。

「魔物肉はたくさん食ったな」

「……魔物肉？　イノシシとかそっち系？」

「それは大当たりの部類だな。他にも熊やらライオンやらの獣系は当たりの部類だ」

「ライオン系の魔物は不味いと聞く」

「いやいや、美味いぞ？　本当に喰って酷いのはゾンビ系だ」

そこでリリスは困惑の表情を浮かべた。

「……ゾンビ系？　食べる……？」

っていうか、困惑どころか……あからさまに引いている。

どうにもこいつは、ゾンビという言葉で何かを勘違いしているらしい。

そこで、俺は苦笑しながら言った。

「ゾンビっつってもアニマルゾンビだぞ？　さすがに人間のゾンビは喰わない」

「……ちょっと待ってリュート」

「ん？」

「色々とおかしい」

「何が？」

「ゾンビとは生ける死体。つまりは腐っている」

「ああ、そうだが？」

「……人間のゾンビは論外として、そもそも……ゾンビは食べ物ではない」

「とは言っても、喰えるなら……どうしようもない時は食べるしかないだろう？」

「……え？」

「貴重なタンパク源だからな」

「……話題を変えよう。リュートがお金を持たずに……それこそとんでもない状況で旅をしていた事は理解した」

ドン引きの表情でリリスは言葉を続ける。

「けれど……いつもいつでも人間の勢力圏外を巡っていた訳ではないと思う」

ああと頷き俺は言った。

「極々稀に……人界と魔界の境界の田舎なんかには立ち寄った事はあるよ」

「……そんな時はどんな宿に泊まっていた？」

「なんせ金が無かったからな……そんな田舎には換金施設なんてねーし……宿に泊まった事なんてねーよ」

「食事は？」

「喰わないか、あるいは残飯を漁っていた」

リリスは押し黙り、そして天を見上げて胸の前で十字を切った。

俺はどうしていいか分からずに、ただその場で黙りこくる。

「……」

「……」

「……」

「……」

長い、長い沈黙の後、リリスは涙を浮かべて聖母のような優し気な微笑を浮かべた。

「……リュート?」

「何だ?」

「……貴方は強い。それはもうとても強い。稼ごうと思えば幾らでも稼げる。だからこれからは稼ごう。そして美味しいものを食べよう。そして……たまには……フカフカとは言わない。せめて暖かいベッドで寝よう」

「美味しいものか……ああそうだな。余裕ができたら食ってみたいな」

日本にいた頃大好きだった、母親の作ったカレーが何故だか脳裏によぎった。

と、そこで俺の腹の虫が盛大に自己主張を始める。

まあ、串焼き二本で成長盛りの十五歳の体が足りるはずもないから仕方ねーか。

「……リュート?」

「なんだ?」

「……少し贅沢して美味しいご飯を食べよう。大銀貨数枚程度なら私は持っているから」

大銀貨って言うと日本円で言うと一枚十万円位か……。

とりあえず当面の生活には困らなさそうだなと思ったところで、俺は溜息をついた。

完全にヒモじゃねーか……我ながら情けない……と。


龍昇軒。

中華っぽい名前の店だが、普通に洋食系のレストランだ。

鶏肉やらトカゲ系のソテーが有名な、そこそこの格式の店との話だ。

そこで実食……ってなもんで、鶏肉のソテーとパンを掻っ込みながら俺は思わず叫んだ。

「美味えなこれ！」

「……そりゃあ……アニマルゾンビに比べれば美味しいだろう」

「いやいや、ライオンの肉に比べても全然美味いぞ！」

「……ぇ……ぁ……ぅ……ぅん……そりゃあ……まあ…………………………鶏肉だから」

何とも言えない表情をリリスは作る。

「そういや、お前はゾンビは食った事がねーのか?」

「……先程から言っているがゾンビは食べ物ではない。腐っている」

さっきから、リリスが俺を見つめる視線が若干冷たい。

ドン引きしているらしい事は分かるが……さすがにそこまで言われると心外だ。

「お前な……ちょっとゾンビを馬鹿にし過ぎじゃねーか? そもそもお前な? 発酵食品って知ってるか?」

「……発酵食品?」

「チーズやら漬物やら……広義の意味ではワインなんかの酒もそうなるのかな? そういった食品はとても広い意味では……腐っているってのと同じなんだよ。で、何が言いたいかっつーとな? つまりはある意味ではゾンビ食と通じるところがあるんだよ」


「……ゾンビとチーズは違う」


即答された。

まあ、そうだろうな。

かなりの無茶があったのは俺も分かっていた。

「……ねえリュート?」

「なんだ？」

「……今後リュートに何かがあって……例えばお金がなくなったとして。腐肉や残飯を食べざるを得なくなった時」

まあ……戦闘で脊髄やらの神経系をやられれば十分に可能性のある話ではある。

思いつめたような表情のリリスに俺は恐る恐る尋ねた。

「で？」

「……そんな時は私に言って欲しい。幸いにも私の見た目は良い。そうであれば、私はどんな事をしても貴方を養うから」

「……」

「……」

「……」

「……」

「……え？」

無言の俺に対し、リリスは微笑を浮かべた。

「……私達の未来が金運に恵まれなかったとして……やはり基本は清貧でいきたい。貧しければ私も勿論手伝うし、共働きも当たり前。でも、それでどうにもならないなら……文字通り私はなんだってやる」

何やら決意を込めた瞳でリリスは俺をじっと見つめてくる。

「……」

「……」

見つめ合う俺とリリス。

正直、リリスが何を言ってるのか分からない。

それに妙に艶っぽい視線で俺の方を見てるし、私達の未来とか言ってるし……何なんだこいつは。

正直、反応に困る。

どうしたもんか……と困っていたその時、背後の席から酔っ払いの声が聞こえてきた。

「お前、知らないのかっ⁉」

あまりにも大きな声だから思わず振り向いて確認しちまった。

見ると、酔っ払いのスキンヘッドの剣士と、長髪の魔術師が酒をあおりながらクダを巻いている最中だった。

いかにも駆け出し冒険者といった風な若者の二人組で、酒も回ってかなりご機嫌な様子だ。

というか、飲み過ぎだな。

顔を真っ赤にしてロレツも所々怪しい。

「知らないのかって……何をです？」

「奴隷紋にも十年の消費期限ってのがあるんだよ」

ん？　何だって？　今、あの剣士は奴隷紋の消費期限と言ったのか？

タイムリーな話題だけに、これは聞き捨てならないな。

俺とリリスは互いに頷き、同時に聞き耳を立て始めた。

「そもそも、奴隷紋というのは契約の魔法陣の一種だ」

「魔術師の私に剣士の貴方が説法ですか？　これは滑稽だ」

剣士の言う通りに奴隷の紋章は契約魔法の一種だ。

それはもう強烈なレベルでの呪いの刻印となる。

「とはいえ魔術師のお前も消費期限十年ってのは知らないだろう？」

「確かに理論上、いかな契約の刻印でも……魔法陣に長期間にわたり魔力供給を受けなければ……術式の消滅の可能性は高いですね」

本来、主人と奴隷は魔法陣を通じて微弱につながっている。

主人の扱う魔法陣が奴隷に刻まれているという形で、奴隷紋には主人から極々微弱な魔力が供給されるという代物なのだ。

「ただし――」

魔術師の言葉を剣士が制した。

「言いたい事は分かる。逃亡奴隷の末路なんて決まっている。人里で暮らせば連れ戻されるし、人里で暮らさないなら……十年も経てば野垂れ死にだ」

男の意見に俺も同感だ。

まあ、リリスは龍の里に連れていかれて保護者も有りっていう、そんな特殊な環境だから普通に生活できていた訳だしな。

そしてリリスの奴隷紋は今現在、主人と物理的な距離という意味で離れ過ぎている。

故に魔力の供給が完全にストップされているという状態だ。

「で、この前場末の娼館で見たんだよ。元々は性奴隷として買われて、極度の変態の飼い主のところから逃亡したって奴の話だな」

「それで？」

「奴隷紋を隠して娼館で働き始めたのはいいが、すぐに事故で顔全体に火傷を負った。で、その事故が原因で逃亡奴隷だって事もバレたんだが……顔が火傷で……飼い主からしても返品はノーサンキューっていうレアケースになった」

「その後……どうなったのですか？」

「飼い主から受け取り拒否されて、娼館としてもタダ飯を食わせる訳にもいかない。下働きをしながらその女は十年を娼館で過ごしたんだ」

「奴隷紋は？」

「奴隷の所有権の問題をクリアーしたとしても奴隷契約の更新に……幾らかかるかお前なら分かるだろう？」

「金貨で一枚はかかるでしょうね……愚問でした。それで？」

まあ、契約更新はされずにその後は奴隷紋は放置されたって事だろうな。

「その後、その奴隷は廃人になったんだよ」

「……廃人……ですか？」

「ああ」と剣士は頷いた。

「最初の兆候として奴隷紋の色彩が薄くなり始める。それから概ね二か月……紋章の消滅と共に最後っ屁とばかりに最悪の魔法が発動する。つまりは脳がな……焼かれちまうんだよ」

「なるほど。恐らくは契約の時点で脳内に時限式の爆薬……そういったような魔法術式がセットされるのでしょう。そうして条件達成と同時に魔法が発動すると。それにしても……最悪の方法での逃亡防止措置ですね」

剣士は大きく頷き、そしてエール酒をあおった。

「その女は神経系統の全てが焼かれてしまって……涎を垂れ流して……呼吸と排泄しかできなくなった。飯も喰えないってなもんで……すぐに衰弱死したらしいな」

「ところであなたは、どうしてそんな話を詳細に知っているんですか?」

そこでガハハと剣士は醜悪な笑みを浮かべた。

「いや、やったからな」

「やった……とは?」

「衰弱死するまでの間、何故に娼館がそんな奴を外に放り出さずに世話をしたと思ってやがる? 最終的にその女は、その状態になったからこそ……性奴隷としての役目を勤め上げる事ができたんだよ」

そこで魔術師の男は忌々し気に首を左右に振った。

「世の中には……色々な性癖があるのですね」

「まあ、当然の事だが捨て値だったがな。珍しい状態ってだけじゃなくて……更に言えば無茶苦茶にしてもいいってなもんで結構人気があったみたいだ」

「衰弱死は、食事が喉を通らないという影響じゃなくて……」

「客が無茶苦茶したんだろうな」

そうして剣士の男が発するゲラゲラと品のない笑い声が酒場内に響き渡った。

と、そこで――俺とリリスの目が合った。

「ところでリリス？」

「……何？」

「お前はいつ頃……逃亡奴隷になったんだ？」

「……良く覚えていない。物心がついた時から私は奴隷で……いや、でも……奴隷紋を刻まれたのは少し大きくなってからのような気もする」

「奴隷紋を見せてくれないか？」

「……うん」

リリスは胸元をはだけさせる。

よくよく見てみると、奴隷紋はわずかだが――けれど確かに――擦れたように見えた。

「あっちゃあ……これは間違いないな」

「……うん。最近……薄いなとは……思っていた」

「ちなみに薄くなり始めた時期は？」

「……概ね一か月前」

十年か。

色々な時系列を逆算すると、まあそんなもんなのかもしれねーな。

「さっきの連中が言うには薄くなり始めてから脳が焼かれるまで二か月」

「……つまりは残り一か月」

それまでに俺がリリスの所有権を買い戻して、その後に……紋章の除去までを行わなければならない訳だ。

「参ったな……こりゃあ急がないといけねーな」

多分この情報はマジだろう。

そういえば昔に俺が叡智のスキルで見た本の中にそういう記述があったような気がするし……。

店員を呼んで会計を済ませる。

そのままリリスの手を引いて、俺は早足で歩き始めた。

「金貨十枚が必要か……さて、どうしようか」

と、言いながらも俺とリリスの進む先に一切の淀みはない。

「まあ、ここしかねーよな……極力目立たない方法で……どうにかなんねーかな……」

当面の間の俺達の目標は二つだ。

一つは金貨を十枚貯める事。

そしてもう一つはリリスのパワーレベリングを行う事。

その両方を満たす上で、手っ取り早い方法と言えばコレしかない。
そういった経緯で——俺達は冒険者ギルドのドアを開いたのだった。

ターレスの港町。

中央大通りに面した三階建ての赤レンガの建物。

それがこの街の冒険者ギルドだ。

この街の大通りで一番大きな建物が四階建てとなっている。

まあ、三階を超えると高層建築物だと言ってもいいだろう。

周囲の建物も大商会や官公庁関連の施設で、間違いなく一等地と言ったところだ。

入口から受付カウンターまでは十メートル程度で、そこまでの間には依頼募集の掲示板が所狭しと並んでいる。

「んー。ボクちゃん達には冒険者はちょーっと早いかな?」

ギルドの受付嬢は涙袋が色っぽい、赤毛にショートカットのお姉さんだった。

「ボクちゃん達……見たところ十五歳位よね？　魔法学院や騎士学校の入学年齢にも達してないでしょう？」

参ったな……と俺は尋ねた。

「ギルド登録の一番下の年齢は十二歳じゃなかったか？　あんたとしても文句はないだろうに？」

「ああ、その規定はね……駆け出し冒険者が安全な場所で、果実の採取みたいな誰でもできるような仕事をする場合に、弟や妹を連れていくような状況を想定されたものなのよ。まあ、要は引率者前提ってワケ。だから、悪い事は言わないから止めときなさい？」

「って言われてもなぁ……」

「仮に登録するにしても、ボクちゃん達が生き残るには……引率者が必要ね。そして力ある冒険者は生き残るすべに長けている。つまりは戦場では足手まといは必要ないという事は十分に分かっている人達ばかりよ……貴方達の相手なんて誰もしてくれない」

「何が言いたい？」

「お姉さんが保証してあげる。断言するけど死ぬわよ貴方達」

「……だからそれで構わないと言っている」

リリスの言葉に受付嬢はバンとカウンターテーブルを叩いた。

「ダメですっ！　命は大事なのよ⁉　お姉さんがそんなことは許しません！」

「お……おう……」

あまりの剣幕に俺達は気圧される。

「先輩冒険者への何か強力なコネか、あるいは何か特殊なスキルでも持っているのかな？　そうじゃないなら誰も相手にしてくれないから本当に止めときなさいな。お姉さんは、そんな死亡確定の若人の登録なんて承認しません」

んー。真面目に心配されているなこれは。

純粋に善意から来ているものだろうし……はてさてどう回答すれば良いのだろうか。

「……レアスキル」

ボソっとリリスは呟き、そして俺はポンと掌を打った。

「……私はアイテムボックスのスキルを所持している。スキルレベルはマックス」

「え……？」

受付嬢がポカンとした表情を浮かべる。

まあ、そりゃあそうだろう。

軍隊同士の戦闘で局地的であれば、戦局をひっくり返す事ができると言われているBランク級のパーティー。

そのレベルであればそれ位のスキル持ちは珍しくはないが……その次元でもあくまで珍しくはない程度のスキルなんだからな。

「それって……ベテランクラスの冒険者パーティーからでも……引く手数多……って言いたいのかな？」

まあ、実際にそういう事だ。

アイテムボックスのスキルは純粋な魔法の能力では無く、理論解析であるだとか、そちらの方面が如述にスキルレベルに現れる。

これは幼少の頃からリリスを魔術師として仕込んでくれた龍の親父さんが……本当に彼女を丁寧に育ててくれた事と、そして彼女自身の非凡な魔術的知能を表している。

まあ、何しろ十五歳にして、使える使えないは別にして全ての汎用魔法と、龍の秘術の七割がたを既に頭の中に入れてんだからな。

汎用魔法の魔術式の全習得だけで魔法大学院の生徒のレベルに達している。

そして龍の秘術に至っては、そこらの魔法大学院の教授が土下座するレベルだろう。

まあ、それ位はしてもらえなければ俺が困る……というか足手まといなので、最低限の課題としてそれを出していたのだが、見事にリリスはそこは超えてきた。

とはいえ、その道のりは簡単なものではない。

たった二年でどれほどの魔術の深淵まで迫れと……そういう無茶振りをした自覚はあるし、達成不可能な状況も想定してきた。

だが、リリスは才能と努力でそれを超えてきた。

そういう意味では本当に可愛い奴だとは思う。見た目も小動物っぽいしな。

「おい、今お前……アイテムボックスのスキル……それもマックスって言ったのか？」

俺とリリスの背後から近寄る影が二つ……どうにも酒臭い。

振り向くと、そこには見知った顔がいた。

スキンヘッド剣士が一人に長髪の魔術師が一人。

共に二十になるかならないかという風で比較的に若く、いかにも駆け出し冒険者といった感。

っていうか、周囲もかなりざわついている。

どうにもリリスの『アイテムボックスのスキルマックス』という発言は刺激的に過ぎたらしい。

「お前等、さっきの酒場で飯を食ってた小僧共だな？　少し話があるんだがいいか？」

「ああ、そのとおりだが……お前はまだ酔ってるだろ？　生憎だが酔っ払いの相手はしないぜ？」

「先輩に意見するとはとんでもねえ野郎だな。黙って言う事を聞けよ」


ああ、出たよ。体育会系。

それも、悪い方の体育会系だ。

体育会系にも色々とあるし、そしてそのノリが色んな局面で有効なのも知っている。

が『先輩に意見するとはとんでもねえ野郎だな』この発言で体育会系の一番悪い部分が全部出ている。

そもそも俺はまだギルドに登録されてねーし、先輩後輩もクソもねえだろう。

淡い頭痛を俺が覚えた時、リリスの肩を剣士の男が掴んだ。

「おいお前？　アイテムボックスが使えるんだって？」

「……」

リリスは億劫そうに頷いた。

「良し。じゃあ決定だ！」

「……決定？」

「俺は剣士だ。前衛で戦う」

「……そんな事は見ればわかる」

剣士の男は相方の魔術師を指さした。

「そしてこいつは魔術師だ。後衛で範囲魔法なんかを扱う主力砲台だ」

「……それも見ればわかる」

「俺達の仕事は……魔物狩りがメインになる」

「……それで？」

「何日も森に籠るんだ。で、持ち運べる荷物がどうしても少なくなる。水や食料や寝袋なんかも相当な量になるし……いかんせん効率が悪いんだよ」

「……だから……それがどうしたのだと……尋ねている」

男達二人はリリスの足元から頭頂までを舐めるように眺めた。

「今日ギルドに登録しようって駆け出し以前のメスガキを一匹……飼ってやろうって言ってるんだ。報奨金の取り分は九対一だ。九が俺らで一はお前だ」

剣士の言葉を魔術師が続ける。

「感謝しなさい。先輩に面倒を見てもらうような場合、報奨金から取り分が出る事自体が珍しいのですからね。ちなみに貴方のツレは当然ながら必要ありませんので」

おいおいおいおい。

無茶苦茶言ってやがるなこいつら。

まあ、要はレアスキル持ちのリリスを安くこき使おうって話なんだろう。

そうして剣士の男はリリスの右手を掴んだ。

「という事で決定だ。新たな仲間の加入に乾杯といこうか……飲みなおしだ」

「ええ、そうしましょう。そして……感謝なさい。酒代は我々が持ちます」

「おい、メスガキ？　高いモノは注文するなよ？　後……ションベン臭そうなガキだが、まあいい。店に着いたら俺の横に座って酌をしろ」

「ははは。酌だけじゃなくて安酒でベロンベロンまで酔わせて、最後は無理矢理に尺八もさせる気でしょうに」

「お、バレたか？」

「貴方のロリコンは筋金入りですからね」

「ハハハっ！　違いねえや」

そこでリリスは忌々し気な表情で男の手を振り払う。

「お？」

そして続けざま吐き捨てるように呟いた。

「……口が臭い……失せろ生ゴミ共」

ひょっとこのような表情を男達は浮かべ、そしてリリスにこう尋ねた。

「おい、メスガキ？　今……何て言った？」

「……貴方達が非常に不愉快なので、今すぐに私の半径二十メートルから消えていただければ助かると言ったつもり。そして、それを分かりやすく端的に言い換えた言葉が先ほどの言葉で、『……口が臭い……失せろ生ゴミ共』という具合になる」

リリスの言葉を聞いて、剣士の男のコメカミに青筋が浮かんだ。

「俺はEランク級の上位の冒険者だ！　お前らのような駆け出しのFランクじゃねーんだよ！　舐めてんじゃねえぞっ！」

要約すると一般人に毛が生えた程度の実力の持ち主という事だ。

見たところ、単独だとゴブリン十四も相手にできないと思う。

対するリリスの魔術師としての腕前は冒険者ギルド換算でDランク級の中位というところだろう。

普通の魔法を普通に使えて、普通に戦える程度の能力だ。

魔法学院を卒業して、冒険者としてのキャリアを数年積んだ有望な若手……と、まあそういった程度のレベルのはずだ。

当然、剣士の男とガチンコでの殺し合いをした場合は、リリスの方が幾らも上だろう。

が、こういった街中で抜刀や、ましてや魔法の行使はご法度となっている。

と、なれば喧嘩の方法は殴り合いになる訳だが……。

「待ちなさいな。装備を見る限りこの娘は魔術師……さすがに剣士の貴方が出るのはアンフェアでしょう」

魔術師の男が剣士とリリスの間に割って入った。

「とはいえ……我々に無礼な口をきいたのです。多少の痛い目は覚悟してもらいますよ？」

そう言うと魔術師はリリスの首根っこを掴んだ。

「とりあえず表に出なさいな」

そのまま外に引きずろうとした時——男が床に叩き伏せられた。

「へえ……本当に親父さんにそれなりに仕込まれてんだな」

リリスのやった事は簡単だ。

首を掴んできた相手の右手を、自分の両腕で持つ。

そのまま体躯を回転させながら体重を乗せて捻りあげ、相手の手首と肘の関節を極める。

徒手空拳の護身術の、定番立関節技なんだが、そこからがエゲつない。

早業で地面にそのまま落とすと同時に、肘を折った。

ボグリと嫌な音と共に魔術師は地面にひれ伏し、驚愕の表情を浮かべ——

「ぎゃあああああああああああああああああ！！！！」

まあ、折れてんだから当然痛い。

リリスは立ち上がり、剣士の男を睨み付ける。

「……貴様もかかってこい。私は怒っている」

いやいやリリス！　それはちょっと無茶だぞ？

さすがに近接職に肉弾戦を挑むのは不味い。

ってかこの馬鹿……と俺は絶句した。

リリスの掌に魔力が集まっている。そしてそれが意味する事はただ一つだ。


――こいつ、室内で魔法をぶっ放す気だ！


無茶苦茶しやがるな……と俺は呆れ顔を作った。

いや、逆に言うとそこまでリリスがキレちゃってるってのもあるのだろう。

リリスは龍の里で育っている。

従って、俺以外の人間との接触もほとんどなかったし……まあ、ある程度困ったちゃんなのは仕方ないのだろう。

「さて、どうするか」

このままリリスが魔法を使用した場合、ルール違反なのだから衛兵を呼ばれるのは自明の理だ。

そして最悪の場合は牢屋にブチこまれてしまって面倒な事になる。

脱獄は簡単にできるだろうが、それはそれで更に面倒な事になる公算が高い。

「仕方ねーな……」

俺がリリスに軽く一撃入れて意識を奪うのが正解だろうな。

そして強制的に魔術発動をストップさせちまおう。

あんまり女は殴りたくねーが、今回の場合は……まあしゃあねーだろう。

「……え？」

と、その時、リリスが困惑の表情を浮かべた。

まあ、そんな表情を浮かべるのも無理はない。

何しろ、瞬く間に掌に集まったリリスの魔力が雲散霧消していってんだからな。

「さすがは冒険者ギルドだな。少し……舐めすぎていたか」

要は、今現在の喧嘩の見物人の中に、相当な魔術の使い手がいたという事だ。

そしてそいつがリリスの魔術式構築に割り込んで発動を阻止したという話。

まあ、俺としてはありがたいが、リリスからすると大迷惑もいい所だ。

「…………くっ」

リリスからは強気の表情が消えて、焦りの色が混じっている。

自分でもガチンコでの殴り合いでは分が悪いと悟っているのだろう。

それは剣士も重々承知のようでニヤケ面と共にリリスに歩み寄り、大きく拳を振りかぶった。

完全なテレフォンパンチだ。

ひらりと躱《かわ》すと、リリスはカウンター気味に男の鳩尾に全体重をかけて肘で当身を行う。

「攻撃が軽いんだよ！　このメスブタっ！」

まあ、この状況ならリリスが取るべき行動はカウンターではなく、立関節か投げかの二択だったと俺も思う。

この筋力差で打撃という選択肢は有りえない。

つってもリリスは魔術職なので……そこまでの判断能力を求めるのも酷って奴か。

そうして、リリスは男に羽交い絞めにされる。

そのまま持ち上げられて、投げっぱなしジャーマンの要領で延髄から床に叩き付けられた。

「あっちゃあ……こりゃあまた綺麗に貰っちまったな」

強烈な爆音と共に、リリスは床に転がった。

そして打ち上げられた魚のようにその場に横たわり、小刻みにピクピクと痙攣していた。

「へへっ……こっちは相方の手を折られてるんだぜ？」

横たわるリリスの腹に男はサッカーボールキックを加えた。

ゴロゴロとリリスは転がり、壁に激突する。

「まだ、こんなもんじゃ終わらせねーからな⁉」

拳を鳴らしながらリリスに向けて歩みを進める剣士に、俺は声をかけた。

「おい、そこの生ゴミ」

「生ゴミ？」

「鳥ガラみたいに細い魔術師の少女相手に、本気出しちゃうような近接職のガチムチ野郎は生ゴミと呼ばれても仕方ねーだろうがよ。まあいい……ここで止めるなら見逃してやる」

そこで剣士はニヤリと笑った。

「見逃してやる？　何を言ってるんだ？　女が戦っているのに何もしなかった……いや、何もできなかった腰抜けのガキが今更何を言ってやがんだよ？」

「これはリリスとお前らの喧嘩だ。だから俺は黙ってたけどさ……」

ファックサインを決めて俺は吐き捨てるように言った。

「勝負がついてるのに追い打ちをかけるなら話は別だ。相手してやるからかかってこい」

キョロキョロと剣士は周囲を見渡した。

「かかってこい？　誰に言ってやがるんだ？」

「テメエだよテメエ。頭ハゲてるだけじゃなくて脳みそまでスカスカか？」

剣士はスキンヘッドのコメカミに青筋を浮かべる。

「いい度胸だ小僧。しかし……お前みたいなヒョロガキ相手に俺も舐められたもんだな？」

何かを思い付いたという風に剣士はポンと掌を叩いた。

「いい事を思い付いた」

「いい事っつーと？」

「さっきのメスガキの攻撃……それはもう軽いもんだった」

「まあ、本職がこいつは魔術師だからな。純粋に腕力が足りちゃいねえな」

「お前も見た所ただのヒョロガキだ。そしてそんな奴相手に本気を出すのは……さっきお前が言ったみたいに確かに大人げねえわな。そこで提案だ。最初の一発だけは攻撃を受けてやる」

剣士は顔面をこちらに差し出してきた。

なるほど。どうにも圧倒的な力を誇示した後に俺を叩き潰したいらしい。

「ああ、そりゃあどうも」

そういう事なら遠慮なくいかせてもらおう。

シュンっと拳が風を切る音と共に、鼻っ柱に綺麗に右ストレートが突き刺さった。

ニュチュリと拳に伝わる嫌な感触。

鼻骨を粉砕された男は——七メートル程吹き飛びギルドの壁に激突した。

叩き潰され、へばりついた虫のように一瞬壁に張り付きそして重力に従い床に落ちた。

まあ、所詮はEランク級冒険者だ。

この程度の相手ならここで殴り倒してもそこまでは目立たないだろう。

魔法学院に入学して陰からコーデリアを見守る関係上……俺とリリスが今の時点で有名になってしまうと色々と後でややこしくなっちまいそうだから、その辺りは今後も気を付けないと。

パンパンと掌を叩いて、俺はリリスを小脇に担ぎ、そしてカウンターに向かった。

「で、登録したいんだが……」

「は、は、はいっ……かしこまりました！」

急に受付嬢は態度を変えた。

どうやら俺を命知らずのガキではなく、一人前の冒険者だと認識を改めたようだ。

と、その時背後から男が声をかけてきた。

見ると右目を眼帯で覆った、白髪の青年がその場に立っていた。

「ふっ……謙虚だね」

「ん？」

「君は恐らく力を隠している」

見た目は二十代半ばと言った所。

眼帯の奥から発せられる只者ではないオーラ。

俺は気圧されながら応じた。

「お前が何を言っているのかは分からねーが……何か俺に用事が……あるのか？」

微かに緊張した俺の表情を目ざとく見抜いたのか、白髪の男はニヤリと笑った。

「力を隠しているという事実を見破られて驚いているようだね？　全く……その若さでその力量……末恐ろしい子だ」

断定的な物言いに、ゾクリと俺の背筋に冷や汗が流れる。

「どういう事だ？」

「本来……君はFランク級冒険者から始めるような人材ではないはずだ。違うかい？」

どうやら完全に実力を見抜かれているようだな。

「……それで？」

「後……そちらの子の魔術式を途中で瓦解させたのは私だ」

なるほど。

戦闘中にリリスの魔法行使を止めたのはこいつか。

そうであればこいつが一定以上の実力者なのは、やはり間違いないだろう。

「てめえは一体何者だ？」

「ふ？　私かね？　私は……ギルメナス。人呼んで崇高の賢者」

「崇高の賢者……だと？」

「それよりも君こそ何者だい？　今さっき君が見せた動きから隠している力を推定すると……ひょっとすると君は、私と同じ領域に足を踏み入れている可能性すらあるね」

同じ領域？

まさかこいつ……Sランク級冒険者……だと？

こいつは本当に誤算だ。まさかこんな田舎のギルドに戦略兵器にも数えられるような化け物がいるなんて。

まいったな。

そういった連中とは修行中の今現在は、まだ関わり合いになりたくないっつーのに……。

「崇高の賢者……なるほどなそれでお前はそのランクでどの程度の位置にいるんだ？」

敵にしろ味方にしろ、身近にいる強者の情報は少しでも欲しい。

ギルメナスの力量が俺と同じSランク級として、はたしてSランク上位相当の俺よりも上なのか、あるいは下なのか……それが問題だ。

「なるほど。まだ私の事を知らない者がこの街にもいるのか……まあいい。それじゃあ教えてあげるよ」

俺はゴクリとつばを呑む。

そして、ギルメナスは胸を張りながらこう続けた。

「私は崇高の賢者ギルメナス……Bランク級上位冒険者だ！」

言う程大した事ねーな！

ってか、Bランクかよ！　身構えて損しちまったぜ……。

ドヤ顔のギルメナスに対して、俺はその場でコケそうになった。

「後、口の利き方は気を付けたほうがいい。見たところ君の実力はBランク級の下位……そして君と私が同じ領域にいるのはほんの少しの間だ。何しろ私は半年後にはAランクに上がっている可能性が高いからね」

しかし、少なくとも力を隠しているかどうか程度の事は……冒険者ギルドの上位ランカークラスであれば見抜けるらしいな。

さっきのは雑にやり過ぎた上に、慣れない徒手空拳だったからある程度は仕方ないにしても、こいつはまいったな。

「ともかく、君に本当にBランクの実力があるなら……我々は遠くない未来に再会するだろう」

「再会？　どうして？」

ギルメナスはポンと俺の肩に掌を置いた。

「強者同士は惹かれ合うものさ。敵としてか、あるいは味方としてかは別だがね。まあ、君の立場としては私と今度会う時は味方として……と祈っておいたほうがいい」

「お……おう」

「それじゃあ……アディオス」

それだけ言うとギルメナスは背を向け、手を振りながらその場から去っていった。


――と、まあ、そんなこんなで俺達は冒険者ギルドにFランク級冒険者として登録されたのだった。


その後、俺達はこの街での拠点となる宿を探して七日間の宿泊の前金を払った。

リリスの持っていた金の四割がぶっ飛んだが、まあ、何をするにしても拠点が必要な訳だから仕方のない支出だ。

宿は海辺にある二階建てだった。

少しボロいが手入れは行き届いていて何より景色が良い。

後は風呂があるってのが本当にありがたかった。

基本的にこの世界の安宿ってのは風呂は無しで、体を洗うのにも水浴びか、あるいは公衆浴場を使う必要があるからな。

　そして――

――今現在、俺とリリスはギルド受付のロビーにいる。

何をしているかっつーと、依頼の張り紙がビッシリと張られた掲示板と睨めっこをしているという状況だ。

「しかし……金を稼ぐってのは大変だな」

「……」

俺の言葉にリリスが応じない。

見ると、彼女はまつ毛を伏せて申し訳なさそうに口を開いた。

「……すまないリュート」

「すまないっつーと？」

「……元はと言えば、私が奴隷である事がいけない」

「それはお前には何の責任もない事だろうがよ？」

何言ってんだこいつ？

そんな俺の訝《いぶか》し気な視線に、リリスは首を左右に振って応じた。

「……そもそもリュートはリュートで自分の修行があるのに……金稼ぎなんて無駄な時間を……」

「そんな事なら気にすんなよ。俺も納得済みでやってる事なんだから」

「……気を遣わなくて良い」

「気を遣う？　そんなもんは遣った覚えがないが……」

「……どうせ私はEランクの剣士に負けた女。そんな女にSランク級の実力者が気を遣わなくて……良い……こっちが惨めな気持ちになるだけだから」

なるほど。

どうやらこの前の喧嘩でボコボコにされたのがショックらしい。

基本的にはマジメちゃんな性格なので、色々と考え過ぎて思いつめちゃってるって訳だな。

「だから気にすんなって。お前にはお前の役目があるんだぜ？　アイテムボックスとかさ」

「……アイテムボックスを多少使えるくらいで……その埋め合わせはできない」

思いつめた表情で言葉を更に続ける。

「いや、だから今後の旅にはアイテムボックスが必要になってくる場面が……」

「……私はEランク級の駆け出しの冒険者に負けた女。それに……金銭的にも負担をかける疫病神……」

ああ、こりゃダメだ。

目が……虚ろだ。

よくよく見てみると目にクマもできていて、見た目的にも精神的にもかなり追い詰められているのが分かる。

「いや、だからさ……」

「……リュートも正確に認識しておいたほうがいい。私はEランク……駆け出しの冒険者に負けた女。そして貧乏神だ」

面倒くせえなコイツ。

とはいえ、まあ仕方ないのかもしれない。

物心がついた時から奴隷として過ごし、しばらくすると龍の里で育った。

強者が溢れる龍の里ではリリスはそれこそ弱者だし、自分に対する自信が持てないのも分かる。

外の世界に出て色々と不安になっている事もあったと思う。

多分、情緒不安定な状態で、精神的な自己防衛機能が働いて、さっきのチンピラ連中に無駄に攻撃的な行動を取ったってのもあるんだろう。

で、結果として売り言葉に買い言葉で互いに喧嘩を売って買う形。

そんでもって挙句に負けちまったんだから……まあ、何というか精神的に参ってしまうのも分からんでもない。

「……それで……どの依頼を受けるの？」

ふーむ……。

とりあえず討伐系の依頼をざっと見てみる。

・難易度B：ウォータイガー討伐依頼（討伐部位：ウォータイガーの牙一セット）

・難易度C：オーガジェネラル討伐依頼（討伐部位：オーガジェネラルの角一セット）
・難易度C：レッサーヴァンパイア討伐（討伐部位：レッサーヴァンパイアの眼球二ダース以上））
・ｅｔｃ……

ふむ。

単純に害獣駆除の依頼って寸法だな。

依頼主は様々で、例えばゴブリンなんかは地方領主が依頼主だ。

ざっとみたところでＢランク級は一件しか依頼がないようだ。

そこで気になるのは報酬だ。

難易度Ｂのウォータイガーで大銀貨五枚。

そしてレッサーヴァンパイアで銀貨八枚となっている。

「……それで……どの討伐依頼を受けるの？　目標額は金貨十枚。ウォータイガーの討伐であれば大銀貨五枚を稼ぐ事ができる」

俺は呆れ顔でリリスに言った。

「お前、ついさっきの受付嬢の説明聞いてたのかよ？　俺らはＦランク級冒険者だぞ？」

「……聞くには聞いたが頭には残っていない」

そういえば喧嘩に負けてからのリリスは上の空状態だった。

実際に右から左に説明は抜けていたのだろう。

「要は、俺らは半年も仕事を受けなければ登録も削除されるような底辺中の底辺なんだよ」

「……それで？」

「俺らが受ける事ができるのはせいぜいがEランク難易度までだ。理由としては危険過ぎるからって話で……そんでもって、上に上がるなら依頼をこなして実績を積まないといけない」

「……なるほど」

「まあ、高ランク冒険者の付き添いの雑用みたいな名目であれば、パーティーとしては依頼を受ける事はできるだろうけどな」

そこでリリスは閉口した。

「……Eランク級の難易度の討伐依頼は……一番高いのでも一ダース単位を討伐して銅貨二百枚。これではとても間に合うものではない」

高ランクの魔物の討伐は数十万円と、それなりに高給みたいだ。

が、しかし、討伐依頼全般にも言える事だが、まずは獲物を探すところから始めて……と、そういった段取りをとる訳だ。

命を張るって事を考慮すると、冒険者稼業ってのも楽じゃねーんだろうな……という気はする。

「一か月という短期間で金を作るなら討伐依頼は今のところ避けた方がいいだろうな。なら……こういうのはどうだ？」

素材採取依頼の方を見てみると、リリスの視線もそちらに移った。

「……採取依頼？」

・難易度Ｆ：薬草（買い取りは百グラム単位：単位当たり銅貨十枚）
・難易度Ｆ：虹色の果実（買い取りは個数単位：単位当たり銀貨一枚）
・難易度Ｄ：キラービーの巣（蜂蜜百グラム単位：単位当たり銀貨一枚）
・難易度Ｂ：マンドラゴラ（買い取りは百グラム単位：単位当たり大銀貨一枚）

「虹色の果実ってのは……まあ高級な果物なんだがな」

「……そんな事は知っている」

七色の毒々しい南国風の見た目で、味は一言で言えばマスクメロンだ。

俺も数える程しか食べた事はなく、村人風情がそう簡単に口にできる代物ではない。

「難易度Ｆなのに、えらく買い取りの値段が高いだろ？」

「……恐らくは難易度とは採取に伴う危険度の事をさしている。事実、この果実はどこにでも生息する植物から採取可能。ただし……」

「非常に数が少なくて見つけにくいって事か？」

「……そういう事……で、どの依頼にするつもり？」

「金稼ぎだろ？　だったら――」

俺は虹色の果実の採取依頼の張り紙を手に取った。

「――これしかないだろ?」

「……採取依頼?　それも…………虹色の果実?」

困惑の表情のリリスだが気持ちは分かる。

日本で言えば、そこらの山に入って松茸を採ってこいっていう位の無茶な依頼なのだ。

だからこそ買取価格も破格なモノで、依頼を出している方としても採ってこれればラッキー程度のモノだ。

この依頼は受注制限も期限もなく、冒険者としても討伐依頼や他の採取依頼とセットで受けるようなもので、やはり取ってこれればラッキー的なモノなのだ。

が、今回はこれをメインに行く。

なんせ、俺にはちょっとした裏技があるんだよな。

「と、いうことで買い出しに行くぞ」

「……買い出し?　携帯用の保存食?」

「いいや違う」

ニヤリと笑って俺は言葉を続けた。

「石鹸だよ」

「……石鹸?」

翌日の早朝。

俺達は山を登っていた。

ターレスの港町は坂道が多く……と言うより海と山に囲まれた地形になっている。

日本で言えば横須賀やら神戸やら長崎っていう風な地形で、港町には何故だかこういう立地が多いと思うのは俺だけだろうか。

まあそれはそうとして山を登り始めてから既に三時間と少しが経過した。

獣道を掻き分けて、少しだけ樹木が開いた場所を見つけた。

大岩に腰を落ち着け、小休止を取ったところで、リリスはアイテムボックスから水筒と黒パンを取り出した。

「……リュート？」

不満げな表情を浮かべてリリスがそう尋ねてきた。

「何だ？」

「……何故にあんなに大量の石鹸が必要だった？　それに巨大な寸胴も……」

まあ、昼と夕方の二食分の黒パンを買って、有り金の残りの全てをはたいて全力で石鹸を買い込んだからな。

　これで俺らは正真正銘の無一文だ。

　宿屋は食事付きではないし、虹色の果実を採取できなければ明日以降に食べるメシもない。

「今回見つかるかどうかは分かんねーが……運良く湖に遭遇できれば使わなくちゃならなくなるからな」

「……湖？　まさか水浴びの時に石鹸を使うつもり？　私達にはお金がないのに……そんなくだらない事をするつもり？　なけなしのお金を払って……それで……こんな食料しか買えていないのに……」

「水浴びじゃねーけど……ってか、こんな食料って……何か問題があったのか？」

　リリスは先ほど一口だけかじった黒パンをこちらに差し出してきた。

「……白パンを食べたいとは言わない。しかしいくらなんでもこれは酷い」

　リリスから受け取り一口かじってみる。

「確かに不味いな」

「……不味いとかそういう問題ではない」

　パンを割ってみる。

「中が……若干カビってるな」

　右半分はカビで喰えた代物ではないが、左半分はカビが少ない。

　ひょっとして……と思って俺は左半分のパンを更に割ってみる。

見てみるとその左側のカビの量は更に少なくて、良く良く見ないと分からない程度のものとなっていた。

「うん。左側の二分の一くらいは……見た目的にギリギリセーフだぜ！」

「……セーフではないっ！　カビが生えているっ！」

リリスが声を荒らげた。

ってか、リリスが半ギレになってるって珍しいな。

「ああ、確かにセーフではないかもな。味だけで言えばアニマルゾンビの方がまだマシだ」

砂を喰ってると言うか何と言うか、まあそんな感じの味だ。

「……カビの生えているようなものは食料とは言わないっ！」

「まあリリスはこれを喰っとけ」

懐から俺は小袋を取り出してリリスに放り投げた。

「……これは？」

「お前と合流する前……一週間ほど前かな？　盗賊に襲われていた行商人を助けた時にお礼に貰った。残りも少ないが、まともな食い物である事は保証する」

「……しかし私がこれを食べてしまうとリュートは食べるモノがない」

「俺には黒パンがあるからさ」

「……だからそれはカビが生えている。お腹を壊してしまう」

「状態異常耐性のスキルも持っているし、そんなに簡単に食い物で当たったりしねーよ」

「……だから食べられればいいとか、当たらなければいいとか……そういう問題ではない」

「って言われてもな」

リリスは頭を抱え、俺は肩をすくめる。

「……しかしリュート……お金を稼ぐにしても虹色の果実を貴方は本当に採取できるつもり？　どれほど採取が難しいか知っている？」

「非常に甘い果実で高級食材として高値で取引される。どこにでも生えているラーネットの樹に実をつけるが……とにかく数が少ない。と言うよりは鳥や動物が先に全部食べちまうんだな。なんせ七色に輝く毒々しい果実で……森の中では目立って仕方がない。だから、人間が手に入れられる可能性があるのは七色に染まる前の熟しきる前の緑の状態の時だ……だが、ここで問題が生じる」

驚いたという風な表情のリリスに俺は呆れ顔で言った。

「おいおい、俺は農作業のエキスパートだぜ？　それくらいは知ってて当然だ。で、動物にも発見されていないような緑色の状態……葉っぱと実の色が同じで、ひっじょ――――に発見するのに難儀するんだよな」

「……そういう事。果実が熟してない事自体については……常温で保存していれば勝手に熟してくれるので問題はないが……見つける事が至難の技。それこそ何かのついでに森歩きをしている一環で見つかれば幸運……という風なようなものでそれ単独で仕事としてやるには……あまりにも効率が悪い」

「まあ普通はそうだろうな」

「……？」

キョトンとした表情をリリスは作った。

「だが、俺は普通じゃねえんだよ」

「……どういう事？」

「まあ見てなって」

まずは、スキル：索敵・気配察知・危険察知……レベル10を発動。

全てを同時展開させる事で融合させ、スキルを新生させる。

アドバンススキル：絶対領域……レベル10を行使する。

結果として、まあ、今の俺はイージス艦みたいなもんになったと思ってくれていい。

更に分かりやすく言うのであれば米軍の最新鋭レーダーシステム完備みたいなもんっつー事だ。

周囲の状況半径五百メートル位なら、目視を必要とせずに何となく分かるし、虹色の果実みたいな拳大の質量の実なら見落とす事はありえない。

「って事で……ちょっとマラソンしてくるわ」

軽く手をあげると俺は寸胴鍋を片手に、音速に迫る速度で縦横無尽に山を駆け回り始めた。


そして二時間後。

汗を垂れ流し、俺はその場に両膝と両手をついて大きく息をしていた。

さすがに全力に近い速度で寸胴鍋を片手に二時間は多少の無理があった。

「……ハァ……ハァ……ようやく……ハァ……息が……ハァ…………落ち着いて……きた……」

「……大丈夫？」

リリスの言葉の後、俺は大きく深呼吸を三度行った。

よし、これで完全に呼吸は戻った。

「本当に虹色の果実ってのは希少なんだな。ここいらの山は全部探索したが……たったこんだけしか見つからねえ」

俺の発言に、リリスは驚愕の表情を浮かべた。

「寸胴鍋に……都合百個。あの街には高級レストランやホテルは数えるほどしかない。つまり……これは市場では暴落が起きるレベル」

まあ、採取時点で金貨一枚分だからな。末端価格なら金貨五枚分位か？

滅多に取れるもんでもねーし、安く流れるなら多少は庶民の口にも入るようになるだろう。

「しかし、ここから東方面の山は狩りつくしちまったな。が、まあ……西側はまだ見てない。石鹸を使う予定だった湖も見つからなかったし、明日も同じ採取依頼を受けよう」

リリスは何かを言いたげだったが、諦めたように微笑を浮かべる。

「……うん。帰ろう」

その言葉で俺は歩き始めたのだが、リリスがその場から動かない。

「どうしたんだ？」

「……リュート？　気付いていないの？」

周囲の茂みや藪に向けて目を凝らすと、どうやら俺達は魔物の群れに囲まれていたらしい。

「オークか……こんな所で出会うとは珍しい」

脳天気な俺の声にリリスは再度尋ね掛けてきた。

「……本当に気付いていなかったの？　貴方程の力を持つ者が？」

そりゃあ、虹色の果実を探した時のようにゴブリンやオークみたいな害獣を索敵する事も可能だ。

が、自動アラームとしては、あくまで俺は危険察知の能力を持っているだけだ。

危険になりえないものにまで反応しろってのは、まあ、正直なところかなりの無茶なオーダーだ。

で、奴さんの戦力は武装したゴブリンが二十体に、これまた武装した豚の化け物……オークが十体。

「よっこいしょっと」

地面の大岩に腰掛けてリリスに言葉を投げ掛ける。

「俺はちょっと疲れちまったからな。とりあえず晩飯はオーク肉の丸焼きって感じで……後は任せるわ」

リリスはコクリと頷いた。

ゴブリンが樹木の陰から飛び出し、一斉にリリスに襲い掛かる。

リリスは無言で杖を取り出し、一言呟いた。

「……ファイアーウォール」

言葉と同時に縦に二メートル、横幅七メートル、そして厚さ五十センチ程度の炎の壁が現れてゴブリンの群れを包み込んだ。

「まあ、これは当然だな」

さすがに魔術師を名乗るからには範囲魔法でゴブリンの二十や三十は瞬殺してもらわないと困る。

「が、問題はオークの群れだ」

いつでも助太刀できるように身体能力強化の術式を作動させる。

このオーク……個体でEランク級下位。群体でDランクの最下位といったところか。

ちなみにオークの討伐は銅貨五十枚で……それが十体だから都合銅貨五百枚となる。

言い換えるなら銀貨五枚の稼ぎになる。

日本円で言うと日当で五万円。

まあ……冒険者稼業は危険と常に隣り合わせなので、これ位は貰っても当たり前だろう。

今度はオーク達が樹木の陰から飛び出し、一斉にリリスに襲い掛かる。

先ほどのリピートとばかりにリリスは無言で杖を取り出し、一言呟いた。

「……ファイアーウォール」

言葉と同時にやはり先程と全く同じ形で縦に二メートル、横幅七メートル、そして厚さ五十センチ程度の炎の壁が現れてオークの群れを包み込んだ。

「んー……やっぱり火力が足りてないよなぁ……」

オークの中で最も小さい個体はその場で蹲《うずくま》り、表面がいい感じに焦げている。

この個体は文句なしで戦闘不能の状態だ。このままファイアーボールなんかを食らわせれば完全にトドメをさせるだろう。

だが、残りの九体は戦闘不能には至っていない。

「……ファイアーウォール」

再度炎の壁が現れてオークの群れを包み込んだ。

「やはり火力が足りていねえな」

追撃を受け、バタバタと五体のオークが倒れるが、残りのオークの突進は止まらない。

そして彼我の距離差は五メートルを切った。

そこでリリスの表情に焦りが生じた。

手負いの猛獣は危険ってのは良く言ったものだ。血走った目のオーク達はそれこそ死に物狂いと言うか、半狂乱でリリスに向けて襲い掛かっていく。

範囲魔法はタメが長く、近接戦と言って良い範囲内では使い勝手が悪い。

と言うか、そもそも魔術師が五メートル半径みたいなレンジまで近接戦闘タイプの魔物に接近される事自体が大問題だ。

苦し紛れにリリスはタメの少ない魔法で応戦する。

ファイアーボールで一体撃破。ウィンドエッジでもう一体の片足を切り飛ばす。

が、そこで終了だ。

「グブっ……ブボァアアアアっ！」

遠心力を最大限に利用し、オークの両腕から渾身の力が込められた刃が、猛烈な勢いでリリスの首に振り落とされていく。

「ここまでだな」

瞬き、あるいはそれ以下の時間。

俺はリリスとオークの間に割り込むと同時に袈裟切りに一閃し、斧ごとオークを一刀両断にした。

「南無っ！」

そして左後方に振り向きもせずに剣を振るう。

手ごたえに少しだけ遅れ、ドサリと骸が転がった音が周囲に鳴り響いた。

リリスの色白の肌が白を通り越して蒼色に染まっている。

あと少しでオークの斧に首を飛ばされるところだったので無理はないだろう。

微かに震えるリリスに俺は問い掛けた。

「リリス？　今のお前に足りないものは何か分かるか？」

「……何？」

「レベルだよ」

リリスの魔法の知識はそれはもうとんでもないものだ。

が、彼女は身に付けた知識を実戦に使用するために……要求されるステータスに全く応じる事ができていない。

「……レベル……そんな事は分かっている」

「…………」

「……」

「……」

「……ん？　どうしたリュート？　急にフリーズして……」

「……」

「……本当にどうした？」

「……静かにしろ」

そう言うと俺は口元に人差し指をやった。

そして小声でリリスに言う。

「ようやく見つけたぞ。この近辺にアレの眷属がいるっていう情報があったから……この依頼を受けて、だから石鹸と寸胴鍋を買ったんだ」

先程から俺の背中に冷や汗が止まらない。

これは本当に間違いなく――アレだ。

「……アレ？」

「ああ、アレだよ。さっき見つからなかったのは……どうやら俺のスキルを潜り抜けるような気配隠匿のスキルを行使していたようだな。でかしたぞリリス」

「……でかした？　私が？」

「お前とオークのドンパチで、アレは気配隠匿のスキルを弱めて、周囲の警戒と索敵に力を注いだようだ。行くぞ……リリス」

「……？」

そうしてリリスを先導し、藪の中に入った。

獣道を歩く事数分。

「……」

「……」

しばし無言のまま俺達は歩き続ける。

葉と枝がこすれる音、足音と、呼吸の音。そして鳥の声。

静まり返った空間に、無駄な音は何一つない。

大自然の中で感じる緊張感。

何故だか五感が研ぎ澄まされていくような感じがして……この感覚は嫌いじゃない。

そして藪を抜けて視界が広がる。

と、同時にリリスはこう尋ねてきた。

「……この場所は？」

「見ての通りの湖だ」

彼女の指し示す指の先には半径十メートル程度の湖があった。深さは膝位まで……と言った程度か。

そしてそこに、蜘蛛のような虫が浮いている。

胴体の大きさはテニスボール程度で足の長さを合わせると直径で七十センチ位はあるだろうか。

「……アレは何？」

「マッドウォーターストライダー……その奇形種で、更に突然変異体というレア中のレアだ。っていうか、この辺りは魔素が強くて突然変異種が生まれやすい土壌にあるんだよな」

「……マッドウォーターストライダー？」

「まあ、要はアメンボの化け物みたいなもんだ」

「……それでリュートは何故に……アレを探していたの？」

「見ての通り胴体は拳よりも少し大きい程度だ。で、細長い脚を合わせても直径で一メートルもいかない」

コクリとリリスは頷いた。

「ただ、見た目で判断すると即時で殺されるぞ」

「……どういうこと？」

「奴はな……少しなら地上でも移動が可能だ。こっちが陸上からちょっかいをかけると基本的には水面から飛び上がって攻撃してくるんだが……武器は六本の脚だ。で、脚は甲皮で覆われて非常に固い」

俺は服をまくりあげ、苦々し気な表情を作って腹の古傷を見せる。

「モロに喰らえば……こうなる」

「……？」

「半年前……俺はアレと同種の魔物と戦い、そして脚の一撃をまともに喰らって生死を彷徨《さまよ》った。お前なら間違いなく即死だぞリリス」

「……」

ゴクリとリリスがつばを呑む音が聞こえる。

「そして……奴の防御力はちょっと驚くぞ……？」

「……防御力？」

「俺がエクスカリバーで全力で斬っても……かすり傷しかつけられないんだ」

「……神殺しの剣で……斬れない？」

「まあ、陸上に誘い出して動きが鈍った所をタコ殴りにしたんだが……奴を殺るために俺が繰り出した斬撃は……全部で三百を超えた。そして俺が疲れた所にスキを突かれて、最後っ屁とばかりにまともに一撃受けて……ダブルノックアウトってのが前回の顛末《てんまつ》だ」

「……半年前とはいえ、リュートでそれならあの魔物はどれ程の力を……」

「まあ、池から出てこないから人間にはほぼ無害だ。だからこそ実質的には討伐難易度Sランクなのに……ギルドではAランクに設定されている」

「……なるほど」

「で……実際に生死の境を彷徨って……その時に考えたんだよ。楽にアレを倒せる方法はねーのかなーって」

「……どういうこと？」

俺はポンポンとリリスの頭を叩いた。

「お前のレベル上げに最適ってことだよ」

「……何を言っている？」

「ん？」

「……リュートでもまともに傷すらつけることができなかった魔物に私がどうこうできる訳がない」

そりゃあそうだ。

だから俺もまともにやらせるつもりなんてない。

リリスの言葉を無視して俺は説明を続ける。

「で、俺の考えがハマれば……楽に倒せる方法は実際にあるんだ。基本的には水たまりに毛が生えたような淀んだ湖に生息する奴だからな。条件に合う確率は高いと思ったから探してたんだが――ドンピシャだ」

「……どういう事？」

「話は変わるが経験値を得る条件は？」

「……どういう事だと聞いているのだが……まあいい。経験値を得るには相手を倒し、息の根を止める必要がある。経験値の概念とは……それはつまり相手の命……魂を喰らって自らの生命力にするという事だから」

「質問を変えよう。パーティー戦でのレベルが上がる条件は？」

「……その戦闘での貢献度による。前衛職や大火力魔法で直接ダメージを与えるのは当然の事、後方支援でのサポートに徹しても、貢献の度合いによって、きちんと経験値は入ってレベルは上がる」

この辺りは俺も理屈は良く分からんのだが……。

そもそも魔法が存在したり、基本的な物理法則の係数からして地球とはちょいちょい違うしな。

まあ、異世界というだけあってゲームっぽいシステムが採用されているのだろう。

「……リュートのさせようとしていることは何となく分かる」

「ん？」

「……リュートが前面に出て、安全な所から私が攻撃魔法を使ってマッドウォーターストライダーに攻撃するという事。でも、それでは……私のレベルは上がらない」

「っつーと？」

「……戦闘に貢献したと言える実績を作る事ができない。何しろ私では傷をつける事はできないのだから。確かにこれほどの格上の相手となると、有効打を与える事ができれば私に入る経験値はとんでもない事になるのだろうが……」

リリスの言うとおり、格上を倒せば一気にレベルが上がる。

そして格下を倒してもレベルは上がりづらい。

例えば、今の俺ならゴブリンを一億匹倒してもレベルは微動だにしないだろう。

故にBランク級以上の冒険者にとってはレベル上げは至上命題となる訳だ。

そもそもBランク級以上の冒険者が有効に経験値を得る事の出来る魔物の存在自体が少ないし、そんな魔物は討伐例が少なく情報も少ない。

安全マージンを取りづらい状況になるので、普通はそこまでランクが上がると高みを目指す事を放棄して格下狩りに徹する事になる。

そのランクであれば、安全圏で仕事をしても金なら唸る程手に入るし、それ以上を目指す必要がなくなるためだ。

と、まあ、そういった理由で俺は人間の生息域を越えて世界中で魔物を狩ってきた訳なんだがな。

それはさておき、俺はリリスの肩をポンと叩いた。

「ところがどっこい、今回はお前ひとりでやるんだよ」

「……本当に意味が分からない。どういう事？」

「アメンボってのは何故に浮いているか分かるか？」

「……分からない」

ひょっとしたらリリスなら知ってるかもと思っていたが……まあこんな事は普通は知らないよな。

俺も日本でテレビで見なければ知らなかったし。

「油と水が……決して混じらないってのは知ってるよな？」

「……それは知っている」

「アメンボが水に浮かぶ理屈ってのはな、自らの足に油を纏わせる事が原因になっている」

そこでリリスはポンと掌を叩いた。

「…………なるほど。油が水を弾いて表面張力が発生し浮力が生じるという事……それはギリギリ理解できる」

「確か……お前らの物理学のレベルって……重力の概念があるかないかレベルのはずだよな？」

うんとリリスは頷いた。

「……重力……確か二十年程前に確認された概念」

「リリスさ……お前ひょっとして……天才なんじゃねーのか？」

「……まあ、小さいころから本だけは読んでいたから」

「あと、念のための確認だが、普通の人間はそんな事知らないよな？」

「……ここまでの会話は物理関係の学者じゃないと理解できないとは思う」

「それを聞いて安心した」

そういえばこいつは十五歳で汎用魔法の魔術式の全てが頭の中に入っているし、使えないだけで龍魔術も頭の中には入っている。

よくよく考えなくとも……天才なんだよな。

まあそれはいい。

理屈が通じるなら話は早いしな。

「要はアメンボが何故浮くか。話は単純で、奴らは軽い。そして油は水を弾く性質がある。その性質から浮力を生み出して奴らは浮いている訳だ」

「……だから、そこまでは分かると言っている」

そこで俺はニコリと笑った。

「だからさ……さっき色々買い込んだだろ？」

「……確かに無駄に石鹸を買っていた」

「アイテムボックスから……ありったけの石鹸を取り出してくれ。そしてこの寸胴に水を張る」

「……何をするつもり？」

俺は寸胴鍋に水を張ると、焚火の準備を始めた。

「まずは水をお湯にする。んでもって、石鹸を溶かすんだよ」

はてな？　という表情を作ってリリスは小首を傾げた。


一時間程が経過し、三十リットルは入りそうな寸胴には、ぬるま湯の石鹸水が張られていた。

そうして俺達は気配を殺しながら湖に近づいていく。

「……これで本当に倒せるの？」

「恐らくは……そうなるハズだ。最悪の場合は今の俺なら一人で楽勝で倒せるから安心しろ」

よっこいしょっと……とばかりに俺は水際に寸胴を置いた。

「……しかし……理屈は分かるがこれで本当に倒せるとは思えない」

そして……半信半疑と言った風にリリスは寸胴を湖の中に蹴り落として沈める。

ドボンと音がする。

寸胴鍋の中の石鹸水が湖に溶け込んでいく。

五秒経過。

十秒経過。

十五秒経過。

そこでリリスは湖の中心を指さして絶句した。

「……ぇ」

あわあわとその場でリリスは放心状態に陥る。

「ああ、そうなんだよ」

「……本当に……にわかには信じられない」

ああと頷き、俺は言った。

「アメンボは――溺れるんだよ」

そうなのだ。

アメンボは足の油を溶かされると溺れるのだ。

まあ、昔テレビのバラエティー番組でやっていたのを覚えてただけなんだけどな。

明日使えるムダ知識じゃなくて……異世界でガチに使える有用知識だったたってオチだな。

「……しかし本当に呆れる。そういえば龍の里の地下迷宮でも……貴方はこんな無茶苦茶なやり方で格上の魔物の連続討伐を行っていた」

リリスはクスクスと笑い、俺は肩をすくめた。

「って言っても、こんな冗談みたいなレベル上げは、そうは簡単にできるもんじゃねーけどな」

まず、これを思いついて実行までできるのは俺くらいだし、そもそものアメンボが奇形な上に更にその中でも突然変異となっている。

人類の勢力圏外でSランク級冒険者に出会った際に、たまたま偶然にアメンボの目撃情報を仕入れていたから、一回こっきりの裏技を使えたという事だ。

「まあこれでリリスの底上げは相当にできたと思うぜ？」

半信半疑という風にリリスは自らの右掌を眺めた。

「……やはりにわかには信じがたい」

「なんせSランク級の魔物を単独討伐したんだからさ」

「……これを討伐と言って良いのかどうか……」

そして俺達は宿に戻り、翌朝冒険者ギルドの受付に向かうのであった。

名　前：リリス
種　族：ヒューマン
職　業：魔術師
年　齢：十五歳

状　態：魅了（重度）
レベル：38➡68
ＨＰ：650／650➡1880／1880
ＭＰ：2100／2100➡4420／4420
攻撃力：105➡323
防御力：150➡361
魔　力：420➡1054
回　避：350➡635
強化スキル
【身体能力強化：レベル10（ＭＡＸ）】
通常スキル
【初級護身術：レベル10（ＭＡＸ）】
魔法スキル
【魔力操作：レベル10（ＭＡＸ）】
【生活魔法：レベル10（ＭＡＸ）】
【初歩攻撃魔法：レベル10（ＭＡＸ）】
【初歩回復魔法：レベル10（ＭＡＸ）】
【中級攻撃魔法：レベル10（ＭＡＸ）】

【中級回復魔法：レベル10（ＭＡＸ）】
【上位攻撃魔法：レベル10（ＭＡＸ）】
【上位回復魔法：レベル10（ＭＡＸ）】
【最上位攻撃魔法：レベル10（ステータス制限により使用不可）】
【最上位回復魔法：レベル10（ステータス制限により使用不可）】
【龍魔術：レベル７（種族及びステータス制限により一部を除き使用不可）】

特殊スキル
【アイテムボックス：レベル10（ＭＡＸ）】
【神龍の守護霊：レベル10（ＭＡＸ）】

「……え？」

「いや、だから虹色の果実百個だ」

「…………え？」

「いや、だから換金を願いたい。ああ、後はオークとゴブリンの討伐部位で……すべての合計で金貨一枚と銀貨五枚と銅貨二十枚になるはずだ」

総合計で日本円で百五万二千円だ。これで目標金額まであと九百万円を少し切る事になる。

ああ、そういえば奴隷の所有権を買い取った後に、紋章契約の更新作業も金貨一枚分くらいかかるんだったっけか。

まあ、とりあえずは所有権を俺にしないと、どうにもならん。

「ってか、換金額は多少多いが……Aランク級なんかの連中はこんなもんじゃねーんだろう？　何をそんなに驚いていているんだ？」

「いや、この依頼はですね……そもそも虹色の果実は狙って採れるものではなくてですね……たまたま見つければラッキー的なもので……せいぜいが一つか二つ位で……」

受付嬢の訝し気な視線が痛い。

目立ちたくないってのに不味ったな……。

正直な話、高ランク冒険者の討伐依頼に同行して俺が一人で魔物を乱獲してしまうのが、金を稼ぐだけなら一番効率が良い。

しかしそれはあまりにも目立つってなもんで採取依頼を選んだんだが、これはこれで悪目立ちの原因になってしまったようだ。

「まあ、とりあえず換金お願いするわ」

「……はぁ」

何とも言えない表情で受付嬢は俺の差し出したブツの品定めをしていく。

「確かにこの分量ですと金貨が一枚に銀貨が五枚、銅貨が二十枚ですね」

報酬を受け取り、財布代わりの小袋に収納する。

ズシリとした重量感……っても、まあ銅貨の重みが半分以上なんだけどな。

受付嬢に頭を下げて、踵を返したところでリリスが俺に声をかけてきた。

「……とりあえずリュート？」

「何だ？」

「……食料の買い出し……いや、その前に……まともな食事をしにいこう」

「そうだな……俺もロクに喰っちゃねえしな。そういえばリリス？　お前は……何が食べたい？」

「……お腹いっぱいに肉が喰いたい」

見た目は菜食主義のモヤシ娘なんだが……実は肉食だったりするのかな。

まあ龍族は肉好きだし、里で流通してたのも油ギッシュな肉ばっかりだったっけか。

「ああ、俺も肉は嫌いじゃねーぞ……とりあえず、少しだけ贅沢していい店で昼飯を食べよう」

そこで、タイミング良く控えめな具合にリリスの腹が鳴った。

目を見開いて俺とリリスは見つめ合う。

そして互いの腹をさすりながら盛大に笑い合ったのだった。

さて、ここは前回のような普通の居酒屋の昼間営業ではない。れっきとしたレストランだ。

リリスはいいとして、俺の格好は質素だ。

RPG世界で言うと見るからにモブキャラで、モロに村人といった風。

ドレスコードに引っ掛かるかとも思ったが、そこは杞憂に終わった。

基本的に、異世界の連中というか冒険者は金持ってる奴も貧乏な奴も総じて服装には気を遣わない。

街の外で年中野宿やらをしている訳だから、汚さに対する耐性は相当なものだ。

そういう意味で、ベテラン冒険者が贔屓にするこの店で、ドレスコードなど存在しないのも当たり前と言えば当たり前なのだろう。

ちなみに、この店のランチは二人で銅貨四十枚もする。

「まあ……高級ホテルのランチバイキングが食える値段だな」

デザートのフルーツタルトにフォークを伸ばしながら、空になった皿を眺めて溜息をついた。

「……バイキング？　海賊？」

「いや、気にせんでいい」

まあ、実際問題、そこそこの高級店だ。

金を一刻も早く貯めなければいけない俺達が来ていい場所ではない。

「……美味しかった」

無表情でそう言い放つリリス。

こいつは基本的に感情を表情に出さない。

仏頂面で黙々と食べていたから最初はドキドキした。

そもそも、延々と食事について愚痴を言っていたリリスに気を遣って、ここに足を運んだのだから
こいつが満足しない事には意味がない。

ちなみに、日本でもそうだがサービス料だけで結構な値段が取られるお店は、パンがサービス代に
含まれているのでお代わりはタダだったりする。

そしてお代わり自由というキーワードが庶民にとっては魅惑のワードであることはこの世界でも変
わらない。

結論から言うと、リリスはパンを四回もおかわりした。

だから、まあ、本当に美味しいと思っていると受け取っていいんだろう。

さて、残すはデザートのみという所。

フォークに刺さったフルーツタルトを迎え入れるべく口を開いた時、俺は不覚にもゲップをしてし
まった。

相手がリリスとは言え、一応は女の子と食事をしている時に、流石にこれは頂けない。

「すまねえな」

しかし、リリスは口元に笑みを浮かべた。

「……ゲップは良くない。でも、私は少し嬉しい」

「嬉しい？」

「……親しくない間では油断はない。故にゲップもない。つまりは……リュートと私の距離が近くなっているというコト」

「え……？」

「……だから遠慮しなくてもいい。ゲップでも……あるいはオナラでも……好きなだけすればいい」

「お……おぅ……」

恍惚の表情をリリスは浮かべるが、今、俺自身は、ドン引きの表情を浮かべていると思う。

と、それはさておき、その時俺は背後から肩を叩かれた。

「あっ……お前等……」

剣士と魔術師。

魔術師はどこかで高位の僧侶にでも回復魔法をかけてもらったのか、リリスにやられた腕の骨折は完治しているようだ。

そして大柄な剣士の男は俺の胸倉を掴んだ。

「おい、お前？」

「何なんだよ」

「あれで勝ったと思ってんじゃねーぞ？　この前は俺は腹を下していてな？　実力の半分も出せなかったんだよ」

思わず吹きそうになってしまった。

負けた言い訳にしても、マシなのは他に幾らでもあるだろうに。

「要は俺に文句があるっていうか因縁をつけにきたんだな？　喧嘩売ってんなら買ってやるぜ？　今回も殴り合いでいいのか？」

そこで俺はリリスが微かに震えていることに気付いた。

どうにもあの時、剣士にボコボコにされたことがトラウマになっているようだ。

「殴り合い？　冗談言うなよここはレストランだぜ？　喧嘩ができるような場所でもない」

まあ、そりゃあそうなんだが前回はギルド内で大立ち回りしただろうに。

っていうか表に出ればいいだけの話だが、どういうつもりなんだろうかこいつは。

「そこで提案がある……腕相撲で勝負ってのはどうだ？」

「腕相撲？　まあ別に構わねーが……」

そこでレストランの従業員が慌ててこちらに近寄ってきた。

「お客さまそれは……」

剣士はドスを利かせて従業員を睨み付ける。

「なんだってんだ？」

怯えた表情を作りながら従業員はこう言った。

「この前も新人の冒険者に『教育的指導』と称して何度も腕相撲を試されていたではないですか。何度も何度も手を物凄い勢いでテーブルに押し当てるものですから……」

「ああ、そんなこともあったな……で、だからなんだってんだ？」

「テーブルも破損して使い物にならなくなりましたし、新人冒険者も手の甲が複雑骨折……」

なるほどそういう訳か。

そこで俺は全てを理解した。そして俺が理解したことは相手も承知のようだ。

「へへ……いくら俺の体調が悪かったとは言え……お前のあの動きは尋常じゃなかったからな？」

ってか、お前じゃ全く見えてなかったと思うがな。

「まあ、要はお前は格闘家か何か……スピードタイプの近接職だろう？　剣があれば別だが、さすがに素手でのやりとりでは俺が不利で……下手すれば不覚を取るかもしれねーからな」

魔術師がテーブルの上の皿を片付ける。

そしてドンと剣士の男はテーブルの上に肘を置き、腕相撲の体勢に入った。

「俺は腕力で大剣を振り回す……パワータイプだ。お前は確かにさっき腕相撲でも『別に構わない』と言ったな？　まさか前言撤回とか情けない事は言わねーよな？」

「ああ、分かったよ。やってやるよ。ただし――」

俺はリリスの背後に回り、彼女の両肩に手を置いた。

「お前の相手はこいつだ」

「……え？」

「ハァ？」

リリスと剣士が同時にすっとんきょうな声をあげた。

「……リュート？　何を言っているのかサッパリ理解できない」

リリスの震えが強くなる。

まあ、前回はこの男にジャーマンスープレックスからのサッカーボールキックっていう、えげつないコンボを喰らってたしな。

「いいからいいから」

「……しかし」

「危なくなったら俺が助けてやるから……安心して思いっきりやれ」

「…………でも」

「いいから俺を信じろ」

その言葉でリリスは、小動物のように震えながらもコクリと頷いた。

剣士とリリスがテーブル越しに向かい合う。

「へへ……その細腕だと一発で腕が折れちまうだろうぜ？　そんな事をさせるロクデナシな男なんて捨てちまって……俺の女にならないか？」

「……黙れ、ゲスが」

無言でリリスは中腰になってテーブルに肘を置いた。

「全く……つれないねぇ……」

そして剣士は片膝をついて、肘をテーブルに置いた。

右手の掌同士でガッチリと組み合った所で剣士は俺に言葉をかけた。

「このお嬢ちゃんの後はお前だからな？」

「そういう寝言は、こいつに勝ってからにするんだな」

そこでリリスが恨めしそうな声色で口を開いた。

「……私にはとても勝てると思えない。リュートにはリュートの考えがあるのだろうが……さすがにこれはどうかと思う」

「まあいいから、思いっきりやってやれ」

そうして俺は二人の間に立つ。

「合図は俺が行う。文句はねーな？」

リリスと剣士が同時に頷く。

「レディ……ゴー！」

二人の筋肉が緊張しこわばり、そして一気に互いが互いの力をぶつけ合う。

そして――


――勝敗が決したのは刹那の時間の出来事だった。


開始と同時、猛烈な勢いで片方の者の右手がテーブルに叩き付けられる。

「魔術師の女の子が……剣士に……腕相撲で……勝利？」

もちろん、勝ったのはリリスだ。

店員が目を白黒させている。

そして剣士の仲間の魔術師も口をあんぐりと開けて、ただただ呆然としている。

まあそりゃあそうだろう。

「……え?」

やった本人自身が信じられないという表情でその場で佇んでいるんだからな。

俺はその場で固まるリリスの耳元で小さく囁いた。

「お前はSランク級の魔物を討伐したんだぞ? さっきのでお前は……ギルドランクで言うとDランク級からCランク級の下位程度までは一気にレベルアップした。まあ、今後はそんなに簡単には上がらないが……これがレベルアップだ。単純なパワーだけなら、今のお前はEランク級の近接職にも勝てる」

さすがにガチンコでの殴り合いなら、スキルや熟練の問題でリリスじゃ勝つのは難しいだろうけどな。

まあ、ガチンコでの戦闘なら……魔法を使えばリリスはこの剣士を一瞬で消し炭にできるんだけれども。

「こんな感じで俺と一緒にいればお前は強くなれるし、俺の役に立てるようになる」

「……リュート……何が言いたいの?」

「お前には強くなってもらわなくちゃ困るし、役に立ってもらわなくちゃいけない。今は確かに役立たずかもしれねーけど、お前ならすぐに足手まといからは脱却できる。だから……何も気にする必要なんてねーんだぜ?」

少し頬を赤らめて、恥ずかし気にコクリとリリスは頷いた。

と、そこで剣士の男が声を荒らげて叫んだ。

「これは何かの間違いだ！　どんな手品を使いやがった⁉　ってか……テメぇ……表に出ろ！　本当の喧嘩ならお前なんざ……」

腹を下していたから俺に負けたって言い訳の後は……手品ときましたか……。

本当に言い訳が大好きな野郎だな。

「分かった。俺と腕相撲をして勝てたらリリスと喧嘩をしてもいい。ってか……いい加減にウゼえから俺が本気で相手してやんよ」

剣士は声を荒らげる。

「俺はお前の相手なんざしてねえんだよ！　そこのメスガキに用があるっつってんだろ――っ！」

「俺から逃げるのか？」

その言葉で剣士のコメカミに青筋がいくつも浮かんだ。

単純な野郎だ。

「やってやるよ。まずは……テメエに教育的指導ってやつを教えてやるっ！」

「言っとくが手加減しないぜ？」

「それはこっちのセリフだ。泣いて謝っても手の甲がボロボロになるまで指導してやるよ」

俺と剣士は互いにテーブルに肘をつく。

「リリス？　開始の合図を頼む」

無言でうなずき、そして数秒後にリリスは口を開いた。

「……はじめ！」

開始と同時に、二つの意味で粉砕してやった。

つまりは、俺は本当に言葉通りに思いっきり腕相撲をやってやったのだ。

身体能力強化術式も全開で、その他の禁術も全てフルオープン状態だ。

厄災級個体を圧倒できる領域の俺の……全力全開。

ってなもんで、必然的に音速を遥かに超える速度で、剣士の男の手の甲はテーブルに叩き付けられた。

となると、やはり二つのものが粉砕される事になる。

一つはテーブル。これは、まあ当たり前の事だろう。

そしてもう一つは剣士の右手の甲の骨だ。これも……また当たり前の事だ。

——複雑骨折というレベルではなく、文字通りの粉砕の粉微塵。

自然治癒は不可能で、相当な回復魔法の使い手をもってしても元通りという訳にはいかない。

握力が著しく弱まる事は当然の話で、恐らくこいつはもう二度と剣で生きていく事はできないだろう。

とはいえ、治療をすれば一般生活を営む分にはそれほどのハンデを背負うという訳でもない。

その程度には加減してある。

まあ、こいつに必要以上の力を持たせると周囲に迷惑しかかけねーだろう。

世間様のために、冒険者稼業からはこれを機会に手を引いていただきたい。

この腕相撲は、そういった意味での俺からの——教育的指導だ。

「う……ぁ……ぐ……ぎゃ……ぎゃあああああああああああああっ！」

剣士の甲からは折れた骨が飛び出していた。

滝のように鮮血が流れているが、まあ同じ事を俺やリリスにしようとしてたんだから自業自得だろう。

「ぐぎゃっあああああああああああああああああああああああ！！」

「叫ぶのは構わねーが他の客に迷惑だ」

出口を指さして俺は魔術師の兄ちゃんに声をかけた。

「相方を連れて……さっさと消えた方が身のためだぜ？」

「あ……ぁ……ぁ……ぁ……」

魔術師の男の顔に恐怖の色が滲んだ。

そのまま魔術師の男は、剣士の男に一瞥すらくれずに全力で出口に向かって退散していく。

あの魔術師……一人でトンズラこきやがった。

そして、相方に見捨てられた剣士の男は、叫びとも言葉ともつかない声で絶叫した。

「ぎゃっああああああああ……バ、バ、バケモ……化け物っ……お、ォ、ォ……ぉ……ぉた……おた……お助けっ……ひっ……ひっ……ヒィ……っ！　ヒィ――――っ！」

どうやら……今回はようやく正確に実力差を認識してくれたらしい。

と、そんなこんなで這いずる毛虫のように剣士は店から退店していった。

そこで俺は深く溜息をついた。

「これで一件落着なんだが…………テーブル壊しちまったな」

店員に恐る恐る尋ねてみる。

「弁償……しなくちゃまずいよな？」

店員の返事を待たずして、カウンターの奥から大男が現れた。

背の高いコック帽に白一色の料理服《コックコート》。

生やした髭は貫禄があり、年齢も五十代といったところ。

まあ、どう見ても料理長か、あるいは店長といったお偉いさんだろう。

しかめっ面で大男は破損したテーブルの状況を見る。

そして仏頂面で不機嫌そうにこう言った。

「まあ、銀貨二十五枚といったところだな」

「げっ……そんなにするのか？　まあ、仕方ねえけどさ……」

この店はレストランというだけあって内装はそこそこ凝っている。テーブルやら食器も……まあ、高そうだ。

参ったな……今日荒稼ぎした分の四分の一も吹き飛んじまった。

「今日の勘定に上乗せで支払うよ。迷惑かけてすまなかったな」

そこで不思議そうな表情を浮かべて大男――コックは顎鬚をさすりはじめた。

「お前さん……一体全体何言ってんだよ?」

「ん?」

「今日の勘定はタダでいい。それから夜にもう一度来い。厨房スタッフの全力をかけて銀貨二十五枚分の最高級料理を振る舞ってやる」

「どういう事だ?」

ニッコリと笑い、コックは親指を立たせた。

「あの客には俺らも困っていてな。正直……スカっとしたぜ！　そのお礼だっ！」

ああ、なるほど。そういう事ね。

そういう事なら……俺とリリスは顔を見合わせて頷き合った。

「今からギルドにいって依頼を受けてくるわ。そしてギリギリまで働いてくる。多分……店に来るのも遅くなると思う」

「どうしてわざわざ今からそんな依頼を?」

その問いに、俺の代わりにリリスが舌なめずりしながら回答した。

「……ギリギリまでお腹を空かせてギリギリまで胃袋に詰め込むため」

その言葉を聞いて、コックは何とも言えない表情で苦笑した。

——翌日。

冒険者ギルド受付に、右手を包帯でグルグル巻きにした男が立っていた。

元々彼は冒険者。そしてその職業は剣士だ。

つい先日、相方の魔術師に愛想をつかされて、現在はソロプレイの身の上となっている。

しかし、今回彼は冒険者として受付嬢に話を切り出した訳ではない。

「護衛依頼を頼みたい。金貨五枚ある。俺の全財産だ」

受付のカウンターテーブルに金貨を差し置き、剣士の男は受付嬢にそう言った。

「護衛依頼……ですか？　日数は？」

「Bランク級上位の冒険者を雇いたい。相場はどれ位になる？」

「帝都や王都なんかの都会であれば相場は比較的割安ですね。しかし、ここは田舎……そういった高ランク冒険者がいないので……都会からわざわざご足労願う事になります。往復の日数も加味すると金貨五枚であれば拘束時間は五日が相場となるでしょう」

舌打ちと共に男は言った。

「Bランク級上位の護衛って言ったら一日大銀貨五枚が相場……クソっ！　ボッタクリもいい所じゃねーか！　しかし背に腹はかえられねえっ！　俺はあんな奴らに舐められたままでは終われねーんだよっ！」

と、その時……背後から剣士の男の肩がポンと叩かれた。

「お前は……？」

「俺はBランク級冒険者のメリッサだ。少し前まで大貴族お抱えの護衛をしていたんだがね……故があってクビにされちまった。お前は運がいいと思うぜ？」

「護衛依頼を……受けてくれるのか？」

「ただし、一日で金貨一枚だ」

「やっぱりボッタクリじゃねーか！」

メリッサはそこで首を左右に振った。

「さっき舐められたままじゃ終われねえって言ってたよな？　お前さんの護衛依頼には恐らく……護衛の範疇を超えた手荒い真似も入っているんだろう？　五日で金貨五枚みたいな値段じゃあ……面倒な事案はBランク級の上位の連中は普通は受けてくれねえぜ？」

「なるほど。さすがにBランク級冒険者……話が早いな。つまりは……ある程度の乱暴事なら受けてくれるって話か？」

「そういう事だ」

「まあ……こんな地方都市でこれ以上の人材には出会えねえ……か」

そうして二人は握手を交わした。

そこで受付嬢は呆れ顔を浮かべた。

「で……依頼は成立したみたいですが……ギルドを通すのでしょうか？　通さないのでしょうか？」

そこで剣士の男は受付嬢に向けて不敵な笑みを浮かべた。

「ギルドを通しちまうと上納金が抜かれる上に……依頼内容もお上品にせざるを得ないからな」

「それじゃあ密談は他所でやってくださいな。ギルド内でギルドを通さない仕事の話をするなんて非常識ですわよ？」

「おっと、そいつはすまねえな」

そうしてBランク級冒険者のメリッサと剣士の男は二人連れ添ってギルドを後にした。


——そして数日後。


俺の前に剣士の男が立っていた。

「……あれほどやられたというのに……まだ私達につっかかるとは」

心底呆れたといった風にリリスは溜息をついた。

石畳の薄暗い路地裏を歩いていた俺達の前に突然に現れた剣士の男。

そんな彼に対し、俺もリリスと全く同じタイミングで溜息をついた。

どこまで粘着質なんだよ……と驚愕の表情を浮かべざるを得ない。

「リベンジだよリベンジ！　俺はな、お前等に舐められっぱなしじゃ終われねえんだよ！」

そうして剣士の男は胸を張った。

「お前等も年貢の納め時だぜ？　なんせ……最高クラスの実力者を用意したんだからな」

あ、リベンジって言ってもお前自身がやる訳じゃねーんだな。

流石に実力差を認識してくれたみたいで俺も嬉しい限りだ。

そうして剣士の男は、少し先にある十字路を指差した。

「あの路地を左に曲がれば……俺の用意した最強の冒険者がいる」

自信満々の剣士の男を見て、俺は一抹の不安を覚えた。

「最高ランクの冒険者……か」

となると、Sランク級か……。

そうであれば、俺も本気を出さざるを得ないな。

「ついてこいガキ共！」

剣士の言葉に従い、俺とリリスは剣士の先導に従い歩いていく。

そうして路地を左に曲がった瞬間に、剣士の男は振り返り満面の笑みで言った。

「先生！　お願いしますっ！」

そこには背中を向けた形……広背筋を見せつけたいのだろうか、とにかく上半身半裸のムキムキマッチョがいた。

そしてマッチョは俺達に背を向けたまま、口上を述べ始めた。

「俺の名前はメリッサだ。今現在この街に滞在している冒険者の中では最高クラスのBランク級……故があって少し暇になって小遣い稼ぎをしているが……」

そうしてメリッサはこちらに振り返る。

目と目が合ったと同時、メリッサの目が大きく見開かれた。

そして呆けた表情でこう言った。


「……ほえ？」


リリス辺りが言えば可愛らしいかもしれないが、オッサンが「……ほえ？」とか言っても正直キモイ。

反応に困った俺は言葉を選びながらメリッサに語り掛ける。

「…………何と言うか……久しぶりだな」

無言で見つめ合う事数十秒。

「……ぁ……ぁ……ぅ……」

メリッサが涙目になった。

「……で、どうすんの？」

涙目のメリッサに、剣士の男は大きな声でこう言った。

「先生！　お願いします！　ボッコボコにやっちゃって下さいっ！」

しばし何かを考え、メリッサは大きく頷いた。

「ああ、任された」

へえ……圧倒的な実力差は知っているだろうにどうやら……やる気らしい。

なんだかんだで、さすがはプロってところか。

「やるって事でいいんだな？」

互いに向かい合う。

遥か格下とはいえ……腐ってもBランク級だ。舐めプレイが過ぎるとちょっとばっかし痛い目にあう可能性はある。

だから俺も手は抜かない。

俺はここからの展開で何が起きても対応できるように、バックステップで十分に距離を取る。

メリッサは軽く前傾姿勢を取る。

そしてすぐさまに上半身を大きく仰け反らせた。

ヘッドバットか？　それにしては距離が遠いが……このままでは俺には絶対に頭突きは届かないぞ？

どうするつもりなんだ……そんな訝し気な俺の視線を受け、メリッサは大きく息を吸い込んで、その場で頭を床に向けて振り落とした。

「すいませんでしたー！」


土下座。

ヘッドバットの動作を応用した――綺麗でそして力強い土下座だった。

並の冒険者や魔物であればその土下座の動作――ヘッドバット――に巻き込まれれば一撃で命を落とすような……それほどまでの攻撃的な動作による――土下座。

俺はあんぐりと口を開く。

するとメリッサは地面に額を大袈裟にこすり付けた。

そしてすぐに立ち上がり、メリッサはダッシュで剣士の男に突進する。

剣士の男の両肩に手を置くと、すぐにメリッサは男を無理矢理に地面に這いつくばらせる。

「先生っ⁉」

「この御方に謝るんだ！　今すぐに！」

「先生⁉　どうしたんですか？　俺は先生に金を払ってるんですよ？　さあ早く！　こんな奴なんてやっちゃってください！」

「金をもらっているから……お前に土下座をさせているんだ！　いいから謝れ！　すぐ謝れっ！」

「どういうことなんですか先生！　俺は先生に護衛依頼を……」

「謝るのが……この場合の一番の護衛なんだよこのマヌケっ！」

「え？　先生!!」

そうしてメリッサはコメカミに血管を浮かべ、半泣きで鼻水を吹き出しながら絶叫した。


「──金貨数枚で命をドブに捨てる事なんてできるかドアホっ！」


そのままメリッサは新人冒険者にローキックを入れた。

護衛依頼を受けている者が、護衛対象者に蹴りを入れるという暴挙。

しかし、この場合はメリッサの言う通りに、雇い主へのローキックがきちんとした護衛になっているのだから皮肉なものだ。

「何て言うか……お疲れ」

「すいませんでした！　この馬鹿には私から言い聞かせておきますんでっ！」

「お……ぉう……」

俺はリリスを連れて、やや脱力気味にその場を後にしたのだった。


──こうして剣士の男は俺達には二度と近寄る事はなくなった。

幕間　～図書館の司書の独白　前編～

ここは龍王の大図書館。

相も変わらず司書の仕事は暇だ。

埃臭い室内……受付ロビーのいつもの自席で、私は本に目を通しながら物思いにふける。

私が冒険者稼業から足を洗って、どれほどの時間が経過しただろうか。

伝え聞くところによるとあの男――リュートは世界を騒がし続けているらしい。まあ、あそこまで馬鹿げた力と向上心を持つなら当たり前の話なのだろう。

そして、天井を見上げて何とも言えない表情を作った。

――確かに私はそれなりの力量を誇るには至った。

でも、結局のところ、私は才能の壁を超えられなかったのだ。

確かに、私はリュートと同じ道……最強へと至る道を歩みたかった。

でも、私は自身の限界を感じて、リュートの向かう最強へと続く道から身を引いた。

だから、私は今、龍王の大図書館で司書を務めている。

昼食後には、差し込む陽気に誘われてウトウトと睡魔が襲ってくるような……そんな、呆れる程にゆるやかで優しい時間。

うん。こんな日々も悪くない。

でも……やはりどこか寂しい。

とは言っても、今の私にはどうにもできないのもまた事実。

さて、何の話だっただろうか。

ああ、そうそう私が冒険者稼業から足を洗うようになった陽炎の塔での出来事について……だったか。

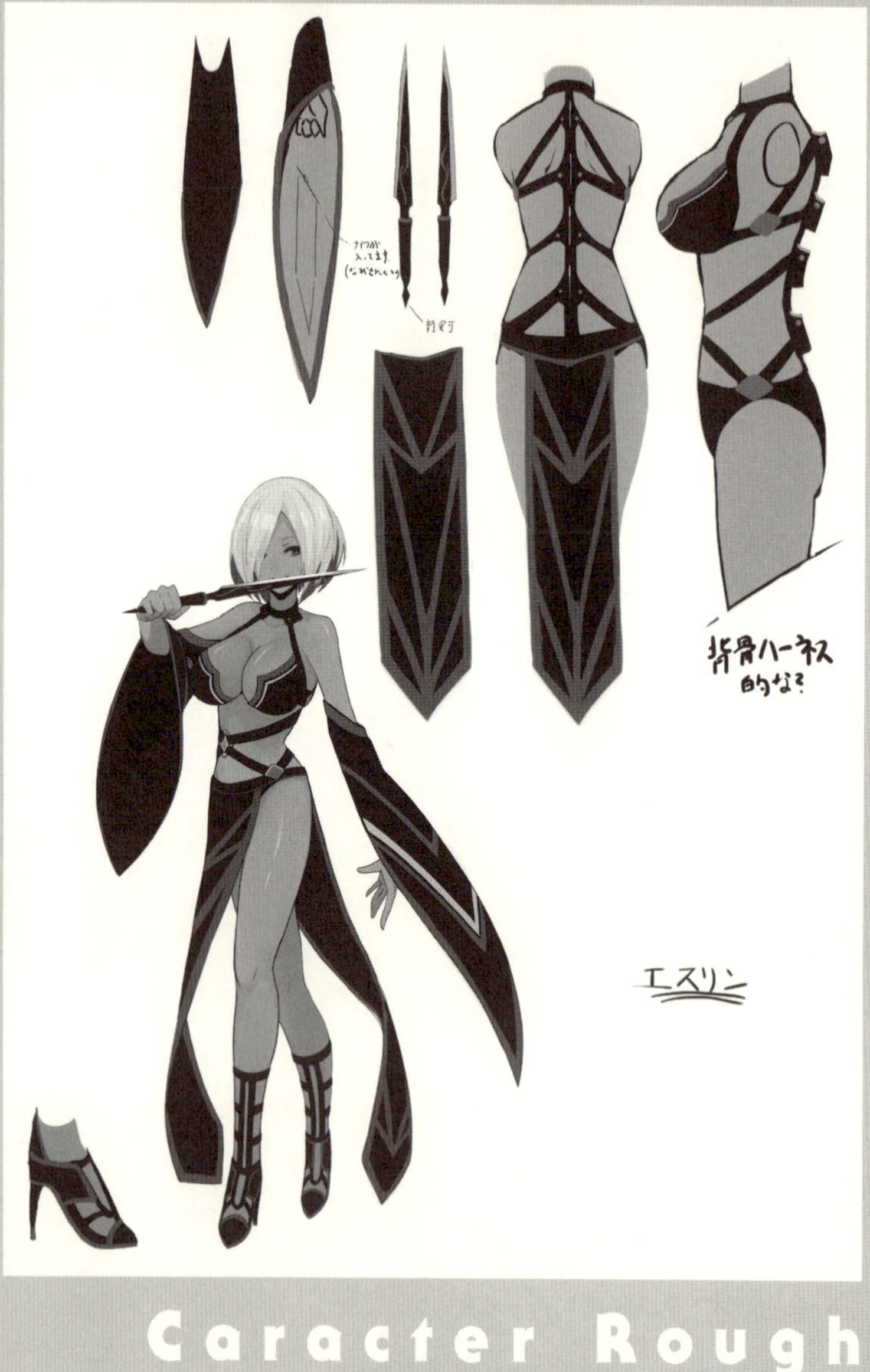

Caracter Rough

魔女からの依頼

"I am a villager, what about it"

Story by Arata Shiraishi, Illustration by Famy Siraso

豪勢な食事をご馳走になった翌日。

俺とリリスは、もたれる胃をさすりながら冒険者ギルドのロビーで掲示板を眺めていた。

「美味しそうな依頼ってのはないもんだな」

「……目立たないという制約を取っ払ってしまえば……リュートであれば金貨十枚は……Sランク級の難易度の討伐依頼一回で完了できると思う」

「そもそも俺らじゃ、そんな難易度の高い依頼は受ける事ができないだろうよ。個々人でBランク級上位の冒険者……そうだな……パーティー戦力としてAランク級でどうにかってレベルだぞ」

まあ、最悪の場合はその手段も視野には入れないといけねーのも事実だ。

ただ、そうなると冒険者ギルド界隈で俺の名前が知れ渡ってしまい、魔法学院で陰からコーデリアを守るという事が難しくなる。

と、その時、妙齢の女がリリスの肩を叩いた。

「……誰?」

爆乳……と表現すればいいのだろうか。

その女性は肌色の面積の多い、黒を基調とした露出系の服を身にまとっていた。

そして、赤髪の頭には、魔女のような黒帽子が乗っかっていた。

ただ、それは良いとして、とにかくオッパイが大きかった。

ただひたすらに大きかった。

別に俺はオッパイ星人ではない。

でも、コーデリアは一般的な大きさで、リリスに至ってはない乳だ。

そこを前提として再度言う。

このお姉さん、オッパイ大きい。

うん。

正直な話、景観として悪くない。

「虹色の果実の依頼を終了させたのは貴方達ね？」

そう言うと、爆乳のお姉さんはバッテンが書かれた依頼の張り紙をはがした。

見ると、確かに虹色の果実の採取依頼については、当面の間は採取したとしてもギルドでの買い取り不可と記載されていた。

リリスの予想通り過剰供給の結果、果実の値崩れが起きて市場は大混乱しているようだ。

「……だから何？　そして貴方は……誰？」

リリスの言葉にお姉さんは艶めかしい仕草で腰をくねらせる。

「私は……見ての通り魔女よ」

なるほど。

やはり露出系の爆乳魔女ということらしい。

「で、その魔女さんが何の用事だ？」

「虹色の果実の値崩れって、坊や達の仕業ってことで間違いないのね？」

「まあ、否定はせんが……それがどうしたってんだ？」

「見た所、貴方達はただの子供じゃないわね。思うに……貴方達のどちらかは植物を探すのに最適なスキルを持っている」

「それについても否定はしない」

「通常では有りえない数の虹色の果実の乱獲。探索系のスキルを持っていて、なおかつ植物鑑定を相当に高いレベルで持っていると想定されるけど……」

まあ、レベルを最大限まで上げた探索系スキルを複合させ、新種の上位スキルとして行使した訳だ。

Aランク級以上の冒険者なら、上位スキルを使える奴はたまにいる。

が、まさか俺らみたいなガキがそれを使っているとはこの女は想像すらしていないだろう。

戦闘機で言えば、例えばこの世界の技術水準を第二次世界大戦としよう。

そんな目視の時代の技術レベルが常識の所に、数百キロ先の的にトマホークミサイルをピンポイントでぶちかますようなレーダー技術を俺は持ってる訳だからな。

「そろそろ本題に入ってもらっていいか？　俺達には時間がないんだ」

「まったく……せっかちねぇ？　口説くのと果てるのが早い男は嫌われるわよ？」

「時間がないって言ってんだろ？」

「ズバリ言うとね。お姉さんは魔法大学院の主任教授で専攻は錬金術よ。で、マンドラゴラを探しているの」

「なるほど、それで俺達に声をかけたって訳か」

マンドラゴラってのは、朝鮮人参に人面がついているみたいな植物だ。

見た目的には地球上で伝わっている、ファンタジー素材そのままな感じをイメージしてくれれば大体オッケーだ。

毒性と麻薬成分と薬効成分の強い植物で、錬金術師や薬師ご用達の合成素材となっている。

希少性の高い代物で、市場には滅多に出回らない。

ちなみに希少性が高いというのには理由がある。

植物を抜く際にマンドラゴラが叫び声をあげて、それを聞いた者は絶命するから採取難易度が高く、供給が少ない……というベタな話ではない。

なんせ、この世界ではマンドラゴラは抜かれても叫び声をあげない普通の植物なんだからな。

問題は麻薬成分が強いって所で、そのままの意味で麻薬に加工するのも簡単だ。

故に、需要に供給が追い付いていない。

まあ、説明するまでもないが、マンドラゴラの麻薬利用は非合法だ。

「そうよ。坊やの知っている通りマンドラゴラの需要は非常に高いわ。乱獲が進んで、人里近辺ではほとんど絶滅してしまった」

「麻薬中毒者共が血眼《ちまなこ》になって野山を探し回って、百年程前までは……それはもうとんでもない事になってたらしいな。虹色の果実よりは見つけやすいとは言っても、マンドラゴラを効率的に発見するにはそれなりの経験と知識が必要で……その上で見事に全て採取しつくしちまったんだから採取の仕様もない」

「そのおかげで、錬金術や薬の研究がマンドラゴラ関連ではほとんどストップしてしまっているの」

「で……発見された群生地はどこなんだ？」

そこで魔女は感嘆したように口笛を吹いた。

「話が早くて助かるわ」

「世間一般的にはマンドラゴラは半ば絶滅種みたいな扱いをされているが、乱獲が行われていない魔物の生息域の深部では普通に生えてるもんだからな」

魔女は右手人さし指を立たせ、鼻と唇に押し当ててウインクをした。

「マンドラゴラをイケナイ遊びに使っちゃう悪い子達は今もいるから……くれぐれも口は謹んでね？」

「で、場所はどこなんだよ？」

「マンドラゴラの群生地が偶然発見されたんだけど……場所にちょっと問題があってね」

「問題っつーと？」

「アラケス火山の中腹に群生地があるんだけれどね？　普通に行くなら周囲の森林を抜けて岩場に出るんだけど……その森林はバジリスクの巣の真っただ中にあるのよ」

「バジリスクっつーと……討伐難度はBランクの下位だよな？」

「ああ、そこは安心していいわよ。坊や達の護衛はちゃんと用意しているから。貴方達はマンドラゴラの採取だけをすればいい」

「護衛？」

魔女はギルドロビーの端に目をやる。

壁際に設置されたテーブルに座っている――見ただけで屈強と分かる男達が俺達を見て笑った。

その中でも一際の巨躯を誇る大男。

三十代半ばと思われる筋肉ダルマはロビー中に響き渡るような馬鹿でかい声でこう言った。

「おいおい、これはまた頼りねーな！　このガキ共がマンドラゴラ探しをするってのか？　年齢は幾つなんだよ？」

髪色は茶髪だが、どことなく赤龍のオッチャンを思わせる風貌。

というか、双子じゃねーかと思うような見た目だ。

顔が似てるだけじゃなく、脳味噌まで筋肉っぽい感じの過剰なまでの筋肉のつき方。

実はこいつは赤龍族だと言われても俺は何の疑問も抱かないどころか、逆に納得するだろう。

と、それはさておき、魔女は困り顔でこう答えた。

「貴方達のお仕事はマンドラゴラ探しではなく、マンドラゴラを探す事ができる者を危険地域まで護衛する事よ。マンドラゴラが見つかっても見つからなくても、貴方達には報酬を支払うから安心なさいな」

そこで俺は魔女に問いかける。

「こいつらは？」

「白鳳血盟《はくほうけつめい》って言う名前の冒険者のパーティーよ。あの一番大きい男の職業は戦士でリーダーを務めているって話ね。パーティー戦力で言うとAランク級の四人組。で……彼等は個々人の戦力でもBランク級の中位から下位の凄腕揃いよ」

「そんな奴らに護衛を頼むってーと、とんでもない依頼料になるんじゃないか？」

「ふふ。貴方達はそんな事は気にしなくていいのよ。まあ、元々彼らはバジリスクの討伐依頼を受けていて、そのついでって事になってるから相場よりは相当に安いわ」

「なるほどね。それにしてもAランク級のパーティーか……」

そこで俺は魔女に尋ねた。

「で、魔女さんよ？」

「何かしら？」

「報酬は？」

「群生地に生えている全てのマンドラゴラの予想量は二千五百グラムってところね。根こそぎ取れるとは思わないけど……五百グラムも採取してくれれば依頼成功って事で多少色をつけてあげるわ」

「具体的に言うと、報酬は幾らだ？」

「百グラムで金貨一枚。五百グラムを採取して来れば成功報酬で別途金貨五枚で……金貨十枚ってところね」

それってひょっとして、奴隷関連の面倒な事は全て終わるんじゃねーか？

俺はゴクリとつばを呑んだ。

と、その時リーダー格の戦士の男が俺とリリスに鼻で笑いながらこう言った。

「おい、クソガキ共？」

「何だ？」

「俺達は護衛依頼とは聞いていたが子守とは聞いちゃいねえんだよ。はっきり言ってしまえば不快だ……明日の朝に火山に出発するが、せいぜい俺達の足を引っ張らないようになっ！」

ああ、なるほど。

どうやらウザイ系のオッサンだったらしいな。

そこで俺とリリスは目を見合わせて肩をすくめた。

とはいえ、同行者がウザかろうがなんだろうが、俺達は行くしかない。

「つまりだな、魔女さんよ？　成功すれば最低でも金貨十枚って事でいいんだよな？」

「そういう事になるわね」

「オーケー。了承だ。俺達は魔女さんの依頼を受けてやるよ」

こうなれば是も否もない。

この依頼一発で面倒な金稼ぎを終わらせてやる。

「何だよこの荷物は……？　尋常じゃねーぞ？」

出発の日の朝。

俺とリリスは白鳳血盟の一団が泊まっている宿屋……っていうかこれはマジでホテルだな。

豪華な建物の一階ロビーに呼び出され、山と形容してもいい程のうんざりするような荷物の前に案内された。

「替えの武器防具に食料、水、野営道具。行って帰ってで二週間の長丁場の四人分だぜ？　ああ。お前等を合わせると六人分か？　だったら、そりゃあ相当な量になるだろうがよ」

「全部俺らに運べと？　だが、それは俺らの受けた依頼には入ってねーぞ？」

「お前さんの言う通り、採取はお前等で討伐は俺らって事で当初の契約内容であれば問題はない。だが、一つあの魔女は規約違反を起こしていた」

「どういう事だ？」

「お前等は駆け出し中の駆け出し……Ｆランク級って話じゃねーか？　いくらなんでもそんな雑魚中の雑魚の護衛ってのは骨が折れる」

まあ世間一般的にはＦランク級冒険者ってのは、そこらの農民のオッサンよりはちょっと強い程度だ。

下手したら路地裏のチンピラに絡まれて負ける可能性すらある。

押し黙る俺にオッサンは言葉を続けた。

「そこで俺らは……あの魔女に契約の変更を二点迫ったんだよ」

「契約の変更？」

「第一に、俺らはお前等を護衛はするが優先度は低い。不可抗力であればお前等が死んでも構わないという話だな」

「それでもう一つは何だ？」

ニタリとオッサンは笑った。

「お前等を好きなようにコキ使っていいって話だ。俺らはFランク級の従者……ってか下男でも雑用に雇おうと思ってたんだが手間が省けたって奴だな」

あの魔女、結構食えねえ女だったみたいだな。

勝手にあれこれ決めやがって……。

そこでガハハと笑って俺の肩を乱暴にオッサンは叩いた。

「炊事に洗濯に風呂の用意に、期待してるからなルーキー」

「ところで、この荷物は物理的にどうやって持つんだよ？」

全重量で恐らく二百キログラムを余裕で超えているだろう大荷物。

登山用リュックが五つに、人間が丸ごと入るようなズダ袋が幾つもあって、更に寝袋もある。

「とりあえずお前は背負えるだけ背負って、そして持てるだけ持てばいいんだよ」

言われる通りに俺は登山用リュックを背負い、ズダ袋を二つ両脇に挟んだ。

「持てるだけ持ったが……残りはどうするんだ？」

「残りは嬢ちゃんが持てるだけ持つ。それでも余った荷物は……」

オッサンは、すぐ近くのテーブルで紅茶を飲んでいる細身の眼鏡——二十代半ばの男を指さした。

「白鳳血盟が誇る、魔術師殿のアイテムボックスに収納する」

「おいおい、アイテムボックス持ちがいるなら……わざわざ荷物なんて持たせる必要がねーだろ？」

「アイテムボックスにはスキルレベルによって容量があるんだよ」

そんな事も知らないのかという風にオッサンは溜息をついた。

「なるほど、これだけの荷物の全ては収納しきれない訳か」

「いいや？　我らが魔術師殿を舐めちゃあいけない。この容量の二倍までなら余裕で入る。なんせ、スキルレベルは5だからな」

うんうんと紅茶のカップを優雅な仕草で口に運びながら魔術師は頷いた。

「じゃあどうして俺達が持たなくちゃいけねーんだ？」

「お前等は新米冒険者だ。高ランク冒険者に同行するという事がどういう事か……身をもって知るんだな」

ああ、なるほど。

要は新人イジメがしたいだけか。

そこでオッサンは少しだけ優し気に笑った。

「なあに、俺らも昔は先輩らに散々いじめられたもんだ。だが、だからこそ今の俺達があるんだ。

『いつかはこいつらみたいに高ランク冒険者になってやる』ってな。そういう気持ちが強くなるための原動力になる。要らない節介かもしれないが……若いうちの苦労は買ってでもしろって言うだろ？」

本当に要らない節介だ。

しかも悪気が無さそうだから救えない。

何ていうか、体育会系のダメな所が全部出てるみたいな感じだなこのオッサン。

そこでオッサンがリリスに向けて声をかけた。

「おい嬢ちゃん？　お前も持てるだけ荷物を持つんだ」

「……分かった」

頷くと同時にリリスは自前のアイテムボックスを出現させて、次々に荷物を入れていく。

そこでオッサンは呆けた表情を作った。

「え……？　アイテムボックス？　Fランク級冒険者が……？」

俺もリリスの出したアイテムボックスに、持っている荷物を収納していく。

全ての荷物の収納を終えて、リリスは無表情で呟いた。

「……道中……たくさんの魔物を狩ると思う。死骸……素材も持ち帰ると思う。そちらの魔術師のアイテムボックスの容量が限界に達したら……私が保存できる」

「嬢ちゃん……アイテムボックスの容量は？」

しばし考えリリスは言った。

「……この程度の荷物なら十倍は入る」

その言葉を聞くと同時、飲んでた紅茶を魔術師はその場で吹き出した。


数日の後、俺達は火山の近くのバジリスクの棲む森へと到着した。

森の中は昼間だというのに薄暗く、見るからに魔性の者がひしめいているという風な感じの不気味な森だった。

で、実際にバジリスクとは一時間に一度位の頻度で遭遇した。

大体が一体だが、時折二体や三体の複数とも遭遇する。

「へえ……」

流石はパーティーでAランクを誇る集団だ。

森に潜むバジリスクの数は相当なものだが、Bランク下位の魔物なんて何の障害にもならないとばかりに蹴散らしていく。

バジリスクっていうのは、頭がニワトリで尻尾は蛇の化け物だ。

大きさは丁度相撲取りか、あるいは大型のプロレスラーが一人分って所だな。

地球では石化能力を持っていたり、あるいは猛毒を持っていたりという風な特殊能力がデフォだ。

が、こっちでは普通にクチバシでつついてくる脳筋系となっている。

ついさっき討伐したバジリスクの死体のトサカ――討伐部位を切り取りながら俺はオッサンに尋ねた。

「おいオッサン、これはちょっとおかしくねーか?」

「オッサンってお前は……誰に向かって口を利いているんだっ!」

また始まったよ……と俺は肩をすくめる。

俺は三度目の人生で特殊なんだよ。実年齢なら余裕でお前より年上だ。

まあ、今の肉体は十五歳だから、見た目で舐められるのはしゃあねーんだけどな。

「そんな事はどうでもいいから、こいつらのサイズ……おかしくねーか?」

「どうでもいいとは何事だ! そもそもバジリスクみたいなレアモンスターの討伐なんぞ俺達は初めてだっ!」

やっぱり気付いていないんじゃなくて、そもそもバジリスクを見た事がなかったのか。

本来はこの生物は魔界や極地の奥深くに生息し、人間の勢力圏内では滅多にお目にかかれない。

そもそもそんな生物がここにいる事がおかしいのだが、それ以上におかしい点がある。

脳筋連中は気付いていないがバジリスクの体が大きい。

いや、デカ過ぎるのだ。

相撲取りクラスの大きさのバジリスクとばかり遭遇しているが、本来、バジリスクって奴の身長は百五十センチ前後だ。

出会ったバジリスクの全てがデカいので、発育の良い個体にたまたま遭遇したというセンもない。

これは、群れ全体の個体の能力が上がっている事を示している。

で、そういう場合には群れの中で特に力の強い個体が進化して、上位種となっていてもおかしくはない。

で、バジリスクの上位個体って言うと……。

「討伐難度Sランクの下位……キマイラか」

この連中では荷が重過ぎるな。

いや、文字通り太刀打ちできないというか、話にすらならないだろう。

半ば確信に近い予感があったので、俺はスキルを行使して周囲の索敵を開始した。

半径五十メートル内にはキマイラの姿は確認できない。

そこで、Sランク級以上の魔物にターゲットを絞り、周囲五百メートル圏内まで索敵範囲を拡げる。

ビンゴだな。オマケにキマイラもこっちを標的にしているみたいだ。

俺はリリスに耳打ちをした。

「リリス？」

「……何？」

「俺は少しこの場所から離れる」

「……どうして？」

「人間の活動領域でこんなのに出くわすとは思わなかった。オッサン連中じゃ、ちょっとしんどい魔物が近くまで来ているんだ。俺が出向いて先に叩き潰す」

「……了承した」

「十分で戻る」

そうして俺はその場からこっそりとフェードアウトした。


リュートが森の奥に消えてから五分程が経過した。

炸裂音やら、大木の伐採音やら、あるいは音速戦闘の証拠である衝撃波の発生音やらが物凄い勢いで遠方から聞こえてくる。

それはもうとんでもない戦闘音だが…………今はそれどころではない。

「なんでこんなところに討伐難度Aランク上位……マンティコアがいやがるんだっ！」

一団のリーダーである戦士の大男が青ざめながらそう叫んだ。

彼の言葉通り、その視線の先五十メートルには異形の怪物が佇んでいた。

大きさはライオン程度で、胴体もライオンのような形で皮膚は赤い。

人間の顔とサソリの尾を持つ人喰らいの怪物――それがマンティコア。

マンティコアと屈強な男達は互いに様子を窺うように睨み合っている。

「マンティコアが出るなんて聞いてねーぞ？　どうするリーダー？」

「是非もねーよ。撤退に決まってる」

こちらはパーティーとしての戦力であればAランクなのだから、戦おうと思えば戦えない事はないだろう。

要は安全マージンが取れていないという話で、戦略的撤退という事らしい。

これは遊びや訓練ではなく、簡単に人が死ぬ戦場なのだ。

だから、その判断は正しいと私も思う。

まあ、それは良い。

今現在、この場で私が最も弱く、最も死に近い。この連中がどこまで私を守ってくれるかも分からない。

リュートと合流するのが最も安全だろう。

が、しかし、遠方の大規模戦闘音を聞く限り、あちらはあちらで相当にお取込み中のようだ。

何よりも距離がかなりある。

さて、どうするか……と、考える暇もなく私は首根っこを掴まれて持ち上げられた。

「へへ、こんなガキでも囮には役に立つ」

見ると、私を持ち上げている槍使いの男が下卑た笑みを浮かべていた。

「おい、お前っ！　何して——」

リーダー格の戦士の男の制止も聞かずに、槍使いの男に投げられた私は宙を舞っていた。

そして、投げられた方角にはマンティコアが所在する。

「さあ、ガキが喰われている間にとっととズラかるぞリーダー？　ってか、脳筋の戦士をリーダーにするなんて俺は反対だったんだよ。ガセ情報掴まされてこのザマだ」

「しかし、幾ら何でもあんな子供を囮に……」

一団が何やら揉め始めているようだ。

しかし、私は既にマンティコアに向かって宙を舞っている訳だ。

どうせ揉めるなら是非とも囮に使われる前に揉めてほしかった。

と、そこで私は落下し、ズザザっと地面を滑っていく。転がりながら勢いが徐々に消えていき、やがて止まった。

見る限り、現在の場所は一団とマンティコアの丁度中間地点。

さて、本当に困った。

マンティコアは戦闘態勢に入ったようで、涎を垂れ流しながら猛烈な速度でこちらに駆けてきている。

こんなちんちくりんの……肉付きの悪い痩せた子供を食べても、美味しくないと思うから是非とも止めてもらいたい。

が、そうは問屋が卸してくれそうにない訳だ。

「……フレア」

「……ウインドエッジ」

「……ライトニングアロー」

先日、行使が可能になった上位魔法を連打するも相手はAランク上位の魔物だ。

ダメージは全く通らず、足止め程度の効果しかない。

迫りくるマンティコア。距離差は五メートルを切った。

マンティコアが大口を開き、無数の牙が眼前に見える。どうやら頭から丸のみにするつもりらしい。

「…………ここで終わりか」

まあ、それも仕方がない。

リュートについていくと決めた時点で、野垂れ死にや戦闘での死亡の覚悟は既にできている。

と、その時——


——私は脇腹に衝撃を受けた。


いや、それは衝撃と言うような生易しいものではなく、まるで脇腹が爆発したかのようなシロモノだった。

「手荒い真似ですまねえな、お嬢ちゃん？」

私は横合いに蹴り飛ばされた形となり、マンティコアの噛みつき攻撃を避ける事ができた。

そして私の代わりに戦士の大男が、大楯を前面に押し出してマンティコアの突進を受け止めていたのだ。

「……どういう事？」

仲間達は全員逃げ出したようで、リーダー格である彼がたった一人この場に残ったようだ。

マンティコアとの力比べを行いながら、決死の形相で大男が叫んだ。

「俺がお前等に偉そうにしてたのは俺が強いからだ……そして強さには覚悟と責任が伴うっ！」

「……責任？」

「そうだ。弱者保護の責任があるんだよ。それが強者としての責任だっ！」

「……責任と言っても、それは貴方の自己満足の話で……誰にも強制された訳ではないはず。それで命をなげうつなんて……とても理解できるものではない」

大男の全身の筋肉が膨張し、マンティコアが押し返されていく。

「まあ、そりゃあそうなんだが……この世に生まれて三十五年っ！　今更——この生き方は変えられねーのよっ！　ここは俺に任せてお嬢ちゃんはとっとと逃げろっ！」

大楯でマンティコアを押し飛ばした大男。

彼は大楯をその場に捨てると、背中の剣を抜いた。

「かかってこいやっ！」

討伐難易度Aランク上位の魔物。

単独の実力ではBランク級上位であるこの男が、狩れる道理はない。

私はフラフラとその場で起き上がる。

脇腹に鋭い痛みが走り、苦笑した。

多分、さっき助けてもらった時の蹴りで肋骨にヒビが入っている。

「自分でやっておいて、この状態で逃げろとは全く無茶を言う……フレア」

マンティコアの脇腹に炎の華が咲いた。

ダメージを与える事はできないが、気をそらせて隙をつくる程度の事はできるはず。

「お嬢ちゃん？」

「……私も手伝う。マンティコアに勝てとは言わない。少しだけ……時間を稼いでくれればそれでいい」

既に遠方からの戦闘音は、もう伝わっては来ない。

そうであるのならば、ほんの少しの時間だけ粘ればこちらの勝ちだ。

と、そこで私は眼前に繰り広げられた光景に頭を抱えた。

時間を稼ぐどころか、一瞬の間に大男はマンティコアに組み伏せられてしまったのだ。

何が起きたかと言うと、力比べでは分が悪いと悟ったマンティコアは、スピードでかき乱す作戦に出たようだ。

何度か大男の周囲を回り、スピードに戦士がついてこれていない事を確認したところで背後から飛び付いて馬乗りの体勢になった。

そうして戦士は一瞬で詰んでしまったと……そういう状況だ。

「ぐがっ……！」

マンティコアが大男の胴体に喰らいつく。装甲がひしゃげ、肉が裂けて鮮血が舞う。

一噛みで内臓がぐちゃぐちゃ……とまではいかないようだが、少なくとも大男は既に戦闘に耐えられる状態ではないだろう。

「……フレア」

「……ウィンドエッジ」

「……ライトニングアロー」

矢継ぎ早に魔法を放つが、まるで効いてはいない。

私は歯ぎしりしながらも更に魔法を放ち続ける。

「……フレア」

「……ウィンドエッジ」

「……ライトニングアロー」

やはり、効いていない。

私の攻撃を無視してマンティコアは再度大口を開いて大男の脇腹に喰らい付こうとする。

既に装甲はひしゃげて、防具の体をなしていない。

そこに被せて二回目の攻撃、恐らくは死に至る可能性が高い。

「……どうして私はこんなにも……無力」

寂しさにも似たこれは、悲しみ……なのだろうか。

いや、これは悔しいという感情だ。

それも違う……と私は首を左右に振った。

これは自分の無力に対する怒りだ。

初めて覚える激情に任せて、ただただ私は魔法をマンティコアに向けて放つ。

どうにもならない力の壁……これがAランク級上位の魔物。

リュートはこの更に上の領域で、ここ二年間、ずっと死闘を繰り広げてきたはずだ。

「……本当に私が、ごく近い将来に……こんな領域の魔物が闊歩するような世界に足を踏み入れる事ができるの？」

圧倒的な無力感の中、ただただひたすらに魔法を放っていく。

マンティコアの大口が大男の脇腹を粉砕しようとしたその時——突風が吹いた。

私の瞳が一瞬だけ、猛烈な速度で長剣を振るう少年を捉える。

そして、次の瞬間にはマンティコアの首が明後日の方向に飛んでいった。

正にそれは瞬きの間。

けれどそれはリュート＝マクレーンにとっては、全てを終わらせるに十分な時間。

「でかしたぞオッサン。よくリリスを守ってくれた」

リュートは油紙で剣に付着した血糊を拭いながらそう言った。

「リリス？　回復魔法は使えるな？　オッサンの応急手当を頼む」

私は頷き、大男へと早歩きで移動する。

大男は苦痛に顔を歪め、けれども驚愕の表情でリュートに尋ねた。

「一撃……だと？　お前……何者だ？」

「……俺か？」

しばし考え、リュートはニヤリと笑ってこう言った。


「俺は――世界最強の村人だ」


その日の夜。

リリスの回復魔法の甲斐もあって、オッサンは普通に飯が食えるまでになっていた。

「おいオッサン？　口は堅いか？」

スープの中に白パンの端っこを浸しながらそう言った。

オッサンが作ってくれた料理だが、具材は鴨肉の燻製か？

どうやら燻製時に香辛料も使われているみたいだ。

さすがはAランク級のパーティーだけあっていい物喰ってる。

「どういう事……でしょうか？」

ってか、さっきからオッサンの口調が変わっていて気持ち悪い。

ゲンキンな野郎と言うか何と言うか。

「乗り掛かった船だ。オッサンには事情を全部説明してやるって事だ。再度聞くが口は堅いか？」

「はて……？　まあ、約束の類は違えた事はありやせんが……」

もう見られてるし、他の連中にもバレたらバレたで……仕方ない部分もあるだろう。

「単刀直入に言うと、俺の実力は冒険者ギルドで換算するとSランク級の上位程だ」

しばしのフリーズ。

オッサンはその場で固まり口をパクパクとさせている。

「…………………………エっ、エっ……Sランク？　ど、ど、どうしてそんなお方が？」

「理由があって目立ってもいけねーんだよな」

「なるほど、だから低ランク冒険者のフリをしていた訳でやすね？」

フリじゃなくて、リアルにギルドの序列上は低ランク冒険者なんだがな。

「そんなところだ。で、俺はリリスのレベル上げもしなくちゃいけねーんだが……道すがら手伝ってもらうからな？」

ここまで来れば旅は道連れってなもんだ。

ここいらにはBランク下位のバジリスクが大量発生しているし、リリスのレベリングに丁度いい。

いや、人間の活動領域でここ以上にレベリングに適した場所はないと断言できるレベルだ。

「ところでリュートさん？」

敬語だけじゃなく、ついに『さん』付けで呼ばれちゃったよ。

本当に分かりやすい奴だな。

「お嬢ちゃんのレベルアップが目的なので？　見たところ、お嬢ちゃんは魔術師ですよね？」

「ああ、そうなるな」

「さっきの戦闘では上位魔法を扱ってやしたが……Bランク下位の魔物であるバジリスクにアレでは有効打は与えられないと思うんですが……」

「有効打ではないにしろ、ダメージは通るだろ？」

「そりゃあまあそうだと思いやすが……ＭＰ枯渇が問題になります」

ああ、その事か。

まあ、ただひたすらに魔法連打をして全てを直撃させたとして、バジリスク一体を狩るのに今のリリスだとＭＰが一回で空になるだろう。

「リリスには夜魔の指輪を装備させている」

「いやあ、本当にリュートさんにはかないやせんですわ」

「ん？　どうした？」

「普通の会話にサラっと伝説級のアーティファクトの名前が挙がるんだから……そりゃあ驚きますすって話ですよ」

まあ、わざわざそれを取りに行くために二か月も古代遺跡に通ってたからな。

おかげさまで俺の計画は巻きで進行しなくちゃならなくなってはいるが、それだけの効果はあるアイテムのはずだ。

「しかしリュートさん？　夜魔の指輪って言うとエナジードレインですか？」

「エナジードレインはエナジードレインなんだが……」

「ふむ？」

「夜魔の指輪には二種類ある。ＨＰ……生命力を吸うのはメジャーな方だが、これは生命力ではなくＭＰを吸う効果のヤツだ。んでもって変換効率は九割ってところだな」

「なるほど……でも、バジリスクは脳筋型の魔物でＭＰは少ないでやす。更にお嬢ちゃんの戦闘技能はＢランクの領域には達していない……失礼ですがエナジードレインを仕掛ける事ができるかどうか……」

「ハァ？　リリスにバジリスクからＭＰを吸わせるなんて、そんな危険な事ができるかよ」

「どういう事でございやしょうか？」

「要は味方から吸えばいいって話だよ」

「味方から？　私は戦士でリュートさんは剣士。二人共に近接職でＭＰは……」

はてな……とオッサンは首を傾げ、コーヒーカップに口をつける。

「ああ、その事な？　色々あって、俺のＭＰは３００００近い」

そこでオッサンは飲んでたコーヒーを吹き出した。

「ゴホっ！　ゴホッ……！　ゴホッ！　ゴホゴホゴホっ！」

しばしの間オッサンはせき込んだ。

いや、それはせき込むというには生易しいシロモノで……どうにも気管にコーヒーが入ったらしい。

「ゲホっ！　ゲホッ！　ゲホッ！　ゲヒっ……！　ゼッ……！　ヒッ……！　ヒッ……！　フゥー……！　ヒッ……！　ヒッ……！　フゥー……！」

まあ、そりゃあ驚くわ。

近接職だとＭＰは身体能力強化程度しか使わないから、Ｓランク冒険者でも１０００もあれば多い方だろう。

その三十倍だ。

それはつまり、俺はＭＰ的な意味でのスタミナ切れは絶対に起こさないという事だ。

まあ、だからこそ俺は単独で魔物の巣窟を渡り歩く事ができたんだけどな。

「って事で、そろそろ寝ようか。リリスのレベル上げの最中にオッサンにやってもらいたい事はあるが、それは現場で指示をするから」

「そうしやしょうか。ああ、後、リュートさんはニンニクは苦手で？」

「いや、むしろ好物だが？」

「お嬢ちゃんはどうだい？」

ああ、リリスにはタメ口なのね。本当にゲンキンな野郎だな。

「……嫌いではない。肉に合う」

「で、リュートさんは朝から重たい食事は大丈夫でございやしょうか？」

「十五歳の育ち盛りだからな。人間のゾンビ以外は何でも食えるぞ」

「お嬢ちゃんは？」

「……カビの生えている黒パン以外なら、大抵のものは食べられると思う」

そこでオッサンは頷いて満面の笑みと共にこう言った。

「明日はバジリスク肉を赤ワインでフランベしたものを用意しやしょう。いやはや、バジリスクの肉は知る人ぞ知る隠れグルメ食材でやしてね……」

「オッサンってひょっとして料理が得意なのか？」

「これでも駆け出しのころは食事の用意はあっしが全部していたもので……評判も凄い良かったんですよ？　それこそ、その時はコックの道を本気で考えたもんです」

ゴクリと俺とリリスは唾を呑んだ。

そして俺とリリスは目を合わせて頷き合う。アイコンタクトによると、どうにもリリスも俺と同意見らしい。

意外に役に立ちそうじゃねえかこのオッサン。


翌日。

オッサンの料理の腕は確かだった。

肉好きのリリスは無言でステーキを三度もおかわりして胃袋の限界まで食い物を詰め込んだようだ。

その喰いっぷりと言えば中々に強烈で、見ているだけでお腹いっぱいになるようなシロモノだった。

まあ、俺も四回おかわりしたんだけどな。

何だかんだで成長期の食欲は凄いなと、我ながら苦笑モノだ。

キャンプを撤収して、大森林を行く俺らだったが、ほどなく一体のバジリスクと出くわした。

「リリス？」

「……何？」

「俺がバジリスクの相手をする」

「………それで？」

「これからお前のレベル上げをするんだよ」

そこでリリスは首をフルフルと左右に振った。

「……昨日から思っていたが……私ではバジリスクの相手はできない。遠距離魔法で狙い撃つにもレベル差がありすぎて……あの高速移動を捉えきる事はできない」

ご意見はごもっともだ。

今のリリスはCランク級の下位程度。

ようやくベテラン冒険者と肩を並べる程度のステータスで、遠距離からではマグレ当たり程度しかバジリスクに魔法を直撃させる事は難しい。

「そんな事は分かっている。範囲魔法で俺を巻き込んでいいから、ＭＰが尽きるまでバジリスクを攻撃しろ」

「……え？　どういう事？」

「バジリスクの行動は俺が制限してやる。俺が一定範囲内にバジリスクを追い込むから、俺もろとも、その範囲に攻撃を続けろって事だ」

「……しかしそれではリュートが傷付いてしまう」

「お前の魔法はＢランク下位のバジリスクにギリギリでダメージを通す事ができる程度だ。馬鹿げた魔力から生まれる魔術耐性とＨＰを持っている俺からすれば……屁でもねえ」

まあ、それでもとんでもなく痛いだろう。

普通はできるもんじゃねーが、それでも俺にはスキル：不屈がある。

圧倒的な近接戦闘能力と、圧倒的な魔力による魔術耐性、そして圧倒的なＨＰとスキル：不屈。

この全てが揃ってようやくできる手法で、このレベリングの方法は俺にしかできねーだろうな。

それはリリスも分かっているようで、呆れたように大口を開いた。

「……本当に…………無茶苦茶な発想……」

「だが、効果は抜群だろ？」

納得いかないという風な表情だったが、リリスは首を縦に振った。

「オッサンはリリスの警護を頼む。他の魔物が現れた時は俺が何とかするから五秒でいいから時間を稼いでくれ――って事だから、リリスは余計な事は考えずに全力で攻撃魔法をぶっ放し続けろ！」

俺は剣を片手にバジリスクに歩みを進めた。

ヒュッとエクスカリバーを一閃。

まずは、片足の腱を切り取らせてもらう。

パチュンっと軽い音と共に、バジリスクの足の腱は破壊された。

Bランク下位の魔物であり、それなりの強者として知られている魔物だが、ここ一年で俺が相手にしてきた連中に比べると非常に可愛らしい。

「さて、スピードの八割はこれで奪ったか」

もう片方の足の腱を切ってもいいが、それだとリリスに経験値が全く入らない可能性がある。

この世界での集団戦では、経験値はその戦闘での貢献度によって分配されるという非常にゲーム的なシステムとなっている。

俺が単独でバジリスクを無力化してしまった後に、一方的にリリスがバジリスクを袋叩きにしてしまっても、あまり意味はないのだ。

「リリス！　やれっ！」

「……サンダーストーム」

「痛っ……電撃か……」

稲光が光り、周囲十メートル程度の範囲に無数の雷鳴が轟いた。

当然、俺とバジリスクは両方共に直撃で雷に打たれた。

ビリビリと四肢が若干痺れる……っていうか、滅茶苦茶痛い。

命に別状が全くなくても、やはり痛い物は痛いんだな。

んでもって、バジリスクは雷撃を喰らって全力で逃げようとするが、そうは問屋が……っていうか、俺が卸さない。

逃走方向を俺が阻む。

バジリスクは別の方角から逃げようとするが、更に進行方向に回り込んだ俺が阻む。

と、そこで二発目が来た。

「……サンダーストーム」

やっぱり滅茶苦茶痛い。

っていうか痛いなんてモンじゃねえぞこれは。

一発二発ならシラフでもどうにかなるだろうが、スキル：不屈がないと度重なる連撃に耐える事は絶対に無理だ。

と、三発目が来た。

「……サンダーストーム」

ああ、クソ……痛いなオイ。

「……サンダーストーム……サンダーストーム」

間をおかずに連撃で来やがった。

「痛っ……」

「……サンダーストーム……サンダーストーム……サンダーストーム」

三連撃。

どうやらリリスは最初は加減をしていた……というか様子見をしていたらしい。

そして俺が大丈夫そうと思ったところで全力で魔法連打の方向に方針を切り替えたらしい。

「……サンダーストーム……サンダーストーム……サンダーストーム」

アヒュっと俺の口から変な声が漏れる。

流石に……キツイ。

魔術耐性が物凄い事になっている俺ですらこれだ。

バジリスクに至っては、筋肉のかなりの部分が電撃に焼かれてオシャカになったようで、その場に崩れ落ちた。

痙攣しながら白目をむいたバジリスクを見て俺は安堵の溜息をついた。

そのまま俺は攻撃魔法の範囲圏外に離脱する。

そしてリリスがこのまま遠距離魔法でトドメを刺せばいい。

痛い思いはとりあえずこれで終了だ。

「良しリリス！　上出来だ！　俺はこのまま離脱――」

「……サンダーストーム」

「ウギっ……！」

完全に油断していたところへの雷撃。

再度変な声が出た。

「おいリリス!?　どういう事だ？　どうしてサンダーストームに俺を巻き込む？」

「……コーデリア＝オールストンの関係で、私の怨念は少なからず溜まっている」

「怨念って……お前……」

「……そして魔法の巻き添えでリュートはさっき変な声を出した」

「どういう事だ？」

「……リュートの変な声が、私の怨念と化学融合を果たした。その結果、何故だか私は……なんだか楽しくなってきたという事」

「楽しくなってきたってお前……」

「……つまりは、これは幼馴染の勇者が女だとは聞いていなかった事に対しての……抗議的な意味での——サンダーストーム」

そう言いながらリリスは再度、俺とバジリスクに雷撃を放った。

バジリスクは絶命し、俺の手足に強烈な痺れが走る。

「だから止めろってリリスっ！」

そこまで言ってリリスはニコリと狂気じみた笑いを浮かべた。

「……それに……中指の指輪の恨みも私は忘れていない」

「中指の指輪？　夜魔の指輪がどうかしたのか？」

「…………サンダーストーム」

「うぎゃあああああああああっ！　バジリスクはもう死んでんだろっ⁉」

「……うるさい黙れ——サンダーストーム」

しかし、魔法は発動しなかった。

そこでリリスはフラフラとその場に倒れ、忌々し気に呟いた。

「……ああ、リュートの苦痛の表情……何故だろう。凄く気持ちが良い。だが、残念な事に……ＭＰ切れ」

おぼつかない足取りでリリスは俺に近づき、夜魔の指輪を装着している左手で俺の首を掴んだ。

見た目的には首絞めの格好になるのだが、これはエナジードレイン……ＭＰ補給に必要な動作だ。

しかし、何故かリリスはマジで俺の首を絞めているような気がする。

いや、近接戦闘能力に違いがありすぎて、その辺りの微妙な力加減は本当に認識が難しいんだが。

「……さっきも言ったが、幼馴染の勇者が……女だとは聞いていない」

「もうその話はいいだろうがよ……いい加減にしてくれよ……」

「…………ついさっき……私は何かに目覚めてしまったのかもしれない。込み上げた色んな感情が……抑えられない。こんな事は初めて」

「とりあえずＭＰ補充は終わったみたいだから手を放してくれるか？」

「……了承した」

と、まあそんな感じでバジリスクの一体目を見事に俺達は撃破したのだった。

名　前：リリス
種　族：ヒューマン
職　業：魔術師
年　齢：十五歳
状　態：魅了（重度）➡ヤンデレ（軽度）
レベル：68➡71
Ｈ　Ｐ：１８８０／１８８０➡２０１０／２０１０
Ｍ　Ｐ：４４２０／４４２０➡４６００／４６００
攻撃力：３２３➡３４０
防御力：３６１➡３９２
魔　力：１０５４➡１１４０
回　避：６３５➡６５４
強化スキル
【身体能力強化：レベル10（ＭＡＸ）】
通常スキル
【初級護身術：レベル10（ＭＡＸ）】
魔法スキル

【魔力操作：レベル10（MAX）】
【生活魔法：レベル10（MAX）】
【初歩攻撃魔法：レベル10（MAX）】
【初歩回復魔法：レベル10（MAX）】
【中級攻撃魔法：レベル10（MAX）】
【中級回復魔法：レベル10（MAX）】
【上位攻撃魔法：レベル10（MAX）】
【上位回復魔法：レベル10（MAX）】
【最上位攻撃魔法：レベル10（ステータス制限により使用不可）】
【最上位回復魔法：レベル10（ステータス制限により使用不可）】
【龍魔術：レベル7（種族及びステータス制限により一部を除き使用不可）】

特殊スキル
【アイテムボックス：レベル10（MAX）】
【神龍の守護霊：レベル10（MAX）】

「あの坂を登ればマンドラゴラの群生地です」

「おう」

あの後、俺達は三体程のバジリスクを狩った。

つまりは既に四回もMPを吸われている事になるが、順調にリリスはレベルアップを重ねている。

電撃地獄を味わっている俺の精神的疲労をおいておくと、今のところは旅路は物凄く順調に進んでいる訳だ。

で、俺達の前方には延々と続く岩肌と砂利の坂道。

みたところ直線距離で七キロメートル程、高さで言うと五百メートル程はあるんじゃなかろうか。

そして背後を振り返ると……高所恐怖症の気がある俺には、いささか厳しい光景が広がっていた。

半径二百メートルの、樹木生い茂る円形の陸の孤島。

孤島を囲む、幅五十メートルはある断崖絶壁。

そして、崖と陸地を繋ぐつり橋が都合二本。

つり橋の幅はともに五メートル程で、そして長さもまた共に五十メートル。

「しかし生きた心地がしなかったな」

ここに着くまで、二本のつり橋を渡ってきたんだが、俺の精神衛生上あまりよろしいものではなかった。

「…………Sランク級の男にも怖いものがある」

クスクスと笑いながらリリスはそう言った。

「昔から高所は苦手なんだよ。この崖……下まで三百メートル位はあるんじゃねーか？　底はトゲトゲの岩が無数にあるみてーだし、落ちれば普通は串刺しで即死だろうよ」

しかし……と俺はその場で立ち止まった。

「リュートさん？　どうしたんですか？」

「ちょっと待ってくれ……この地理条件だと……」

索敵スキルを発動させて、崖に囲まれて陸の孤島状態となっている半径二百メートル圏内を調べる。

やはり……いる。

バジリスクが総数五十体程度は確認できた。

「リリス？　アイテムボックス内の油は？　野営の時の火付け用にオッサン達の荷物に相当な量があっただろう？」

突然の俺の問い掛けに、訝し気な表情でリリスは応じた。

「五リットル程度……まあ、確かに相当な量がある」

「ふむ……使い方によっては十分に森林火災は起こせるな」

はてな、とリリスとオッサンはクエスチョンマークを瞳に浮かべた。

「ああ、説明が必要だよな。まず、片方の橋を落とすんだよ」

「……橋を落とす？」

「あそこの地形は森に覆われている。焼き払えば逃げざるを得ない。周囲の崖に落ちれば命はないし……そうなると逃げ道はつり橋の一本道になる」

「……それでどうするつもり？」

「橋の幅は五メートルだぜ？」

「……だから、どういう事かと聞いている」

「俺がこちらの陸地には一体たりとも上陸させねえ。で、数体も俺が一撃で屠ればこの道から逃げようとする奴はいなくなる。生きも地獄で帰りも地獄ってなもんで、つり橋の上で奴らは右往左往って訳だ」

「……それで結局……何を私にさせるつもり？」

俺は肩をすくめてこう言った。

「放火の後、橋の上を逃げ惑うバジリスク達に……直線状に作用する範囲魔法を一方的に連打し続けろ」


そして二時間後。

「こりゃぁ……圧巻ですねぇ」

オッサンの言葉の通りに、大森林はとんでもない事になっていた。

眼前で大規模森林火災が起きていて、濛々と火と煙が上がっている。

そしてつり橋の上で右往左往する無数のバジリスク達。

「……シルフィーズキッス」

一列に並んだ五十体程度のバジリスク達に、無数の風の刃が叩き付けられる。

「……シルフィーズキッス」

バジリスク達の後ろは炎で、前には俺。

「……シルフィーズキッス」

つり橋にそのまま留まれば風の刃にきり刻まれる。

「……シルフィーズキッス」

あるバジリスクの個体は、無謀にも俺に突撃を仕掛けて一刀のもとに両断される。

そしてそれが牽制になり、バジリスク達はそれ以上こちらには来られない。

「……シルフィーズキッス」

そしてある者は風の刃に追われて崖の下――奈落へと転落する。

「……シルフィーズキッス」

幾度目の魔法の発動だろうか。

途中、リリスにMPを吸われて……まあ、とりあえずとんでもない数の魔法の発動が行われたのは間違いない。

俺に斬られた連中や、崖に転落した連中も含めて、かなりのダメージをリリスが与えている。

風魔法の威力も戦闘途中で目に見えて上がっているし、今回のレベルアップは相当なものだろう。

「……シルフィーズキッス」

全身から血を垂れ流しながらも、最後まで耐えていた大型のバジリスクが倒れた。

これでつり橋を占拠していた魔物の群れの全てを屠った事になる。

ステータスプレートを眺めながら、リリスは軽く溜息をついた。

「……本当にとんでもない事になった。リュートと再会する前の私はレベル38……ここ数日でこんな事になるなんて……」

俺は剣をしまい、そしてパンパンと掌を叩いた。

「って事で……そろそろマンドラゴラの採取に向かおうか？」

名　前：リリス
種　族：ヒューマン
職　業：魔術師
年　齢：十五歳
状　態：ヤンデレ（軽度）
レベル：71⬇102
ＨＰ：2010／2010⬇3250／3250
ＭＰ：4600／4600⬇6200／6200
攻撃力：340⬇569
防御力：392⬇540

魔　力：1140➡1760
回　避：654➡960
強化スキル
【身体能力強化：レベル10（MAX）】
通常スキル
【初級護身術：レベル10（MAX）】
魔法スキル
【魔力操作：レベル10（MAX）】
【生活魔法：レベル10（MAX）】
【初歩攻撃魔法：レベル10（MAX）】
【初歩回復魔法：レベル10（MAX）】
【中級攻撃魔法：レベル10（MAX）】
【中級回復魔法：レベル10（MAX）】
【上位攻撃魔法：レベル10（MAX）】
【上位回復魔法：レベル10（MAX）】
【最上位攻撃魔法：レベル10（ステータス制限により使用不可）】
【最上位回復魔法：レベル10（ステータス制限により使用不可）】
【龍魔術：レベル7（種族及びステータス制限により一部を除き使用不可）】

特殊スキル
【アイテムボックス：レベル10（MAX）】
【神龍の守護霊：レベル10（MAX）】
職業スキル
【多重詠唱】

アラケス火山。

紆余曲折の末、遂にマンドラゴラの群生地が存在する山のふもとに辿り着いた訳だ。

オッサン曰く、延々と続くこの砂利の坂道を登り切ればカルデラ地形のように盆地が拡がっているとの事だ。

そこには岩肌と砂利以外にカルデラ湖があって、その周囲には少しの森林が存在し、そこにマンドラゴラの群生地があるらしい。

普通の冒険者は、大森林に生息するバジリスクを恐れて近づかない。

そのために長らくマンドラゴラの群生地が発見されずにすんでいたとの話だ。

「そろそろか……」

坂道の終焉と共に、急に視界が拡がった。

と――そこで俺は絶句した。

「何てこった……」

俺と同じく絶句したリリスも大口を開いた。

「……これは」

呆然と立ち尽くす俺達に、オッサンは天を見上げながら言った。

「火山活動が活発化したみたい……ですね」

赤々としたマグマの大河が遠くに見えて、沸騰するカルデラ湖が見えた。

森林は既に燃え尽きていて木炭を残すばかりとなっている。

「おいリリス？」

「……何？」

「マンドラゴラ……生えてると思うか？」

「……どう見ても全ては燃え尽きた後」

俺達はガックリとうなだれた。

ってか、リリスに残された期間は残り二週間ちょっとだ。

今までギルドで依頼の張り紙を散々に見てきたが、俺らのランクで怪しまれずに受ける事ができる依頼で、今回のこれ以上の依頼はない。

「仕方ないな」

俺は溜息と共に指を二本立たせてリリスに言った。

「ギリギリになるだろうが、二週間待っていてくれ。俺は別のルートでマンドラゴラを採取してくる」

「……二週間？」

「ああ、修行途中に立ち寄った場所に……Sランク級の賞金首の一団のアジトがあったんだ。確か奴らはマンドラゴラの自生地をわざわざ選んで居を構えていたはずで……」

「……なるほど」

「とりあえず、すぐに街に戻るぞ？　バジリスクの圏内を抜けたら俺はすぐに走って行ってくるから……リリスとオッサンは、近場の安全な場所で経験値稼ぎをしておいてくれ」

その言葉にリリスとオッサンは首肯した。


茶色を基調とした木製の内装のギルド内の喫茶店。

コーヒーの香ばしい香りが鼻先をくすぐる。

俺とリリスの対面の魔女は驚いた表情で言った。

「群生地が役に立たないっていう情報は別ルートから聞いてたんだけど……どうやってこれだけの量のマンドラゴラを？」

布製のズダ袋を指さしながら、魔女がうさんくさげな表情で尋ねてきた。

「採取場所は秘密だ」

なんせAランク級程度の冒険者でも決して近づけない、秘境の奥地だからな。

採取場所を明かせばとんでもない事になる。

「出所は気になるところだけれど、まあ、お姉さんとしてはマンドラゴラを入手できるなら本当にありがたい話ね」

ニコニコと笑いながら魔女は続ける。

「今回の場合はむしろ使い物にならない群生地に派遣させたって事で……むしろこちらが違約金を払わなければならないレベルの落ち度だったのに」

「まあ、とりあえず……これで幾らになるんだ？」

魔女はズダ袋の口紐を解き、中身の検分を始めた。

大量のマンドラゴラの一苗を取り出し、そして魔女は大きく目を見開いた。

いや、それどころか見る間に魔女の顔色がどんどん蒼ざめていく。

訝し気に俺が見ていると、そのまま魔女はヘナヘナとその場で、机に突っ伏す形で崩れ落ちた。

「どうしたんだよ？」

微かに頭を上げて、魔女は言った。

「お姉さんは……魔法大学院の主任教授なのよね。それも二十代半ばでこの地位に就いて……まあ、錬金術の分野では天才っていう自負はあるわ」

「ん？　どうしたんだ急に？」

「だからお姉さんは大抵の事では驚かない…………んだけど」

「だからどうしたんだ？」

「このマンドラゴラを本当に譲ってくれるの？」

「ああ、そういう依頼だろ？」

魔女はズダ袋を手に取り、抱え込むように膝の上に載せた。

そして、ギラギラとした瞳で更に尋ねて来た。

「後でやっぱりナシとかそういうのは絶対にナシだからね？　お姉さんと坊やの約束よ？　本当の本当に譲ってくれるのね？」

「だから譲ってやるって言ってんだろ」

言葉を聞いて、魔女はその場で狂ったかのように何度もその場で頭を下げた。

「ありがとう！　本当にありがとう！　何度お礼を言っても足りないわ！　本当に……本当にありがとう！」

「どうしたんだよ……？」

「お姉さんが個人的にやっている薬学と毒学の基礎研究……これ、本当にとんでもない事になるわよ？」

「だからどういう事なんだよ」

「これはマンドラゴラじゃないのよっ！　秘境の極一部にしか生息しない――エクス・マンドラゴラ！」

「……？」

「とんでもないレア素材で、これだけの量があればお姉さんの分野の研究に、相当な技術革新が行われる事は確実よっ！　はは……こりゃあ……お姉さんの名声は学会に轟いちゃうわね！」

「なんだかわからねーが……報酬を貰いたいんだが」

魔女は懐の財布に手を伸ばし、そのまま俺に寄こした。

「この依頼のお金の出所は……元々魔法大学院なのよ。そして坊や達は結果的にマンドラゴラは取ってこれなかった。だから魔法大学院との依頼は失敗。そして……エクス・マンドラゴラはお姉さんが個人的に買い取ります」

「ん？　どういう事だ？」

「即金なら大銀貨一枚。家に帰ってお金を掻き集めて明日に金貨五枚。更に土地家屋を売っぱらって金貨六十枚は用意するわ。それでも不足だとは思うけど……後は出世払いって事で金貨四十枚の借用書を用意する」

一億……かよ。

話が大きくなってきたが、問題はそこではない。

「すまねーが、俺は一週間後に金貨十枚が必要なんだ。土地家屋の売却までにどれだけ時間がかかる？」

「不動産ってのは……売り買いが難しいからね。少なくとも一週間では無理だと思うわ」

「どうしても即金が必要なんだ。エクス・マンドラゴラだったか？　それだけ高価なものなんだったらお前に譲らずに質屋か何かで売却したら……」

と、そこまで言って俺は気づいた。

とんでもない麻薬成分も持つような代物なんだから、研究機関や研究者相手は別として、通常の商取引で売却できる訳もない。

「で、どうするの？」

「とりあえず金貨五枚はすぐに用意してくれ」

「商談成立って事ね。それじゃあ家財道具一式を売ってお金を作るから……そうね。明日の夕方にこの場所に来てもらえるかしら？」

「ああ、分かったよ」

ズダ袋を持って、鼻歌交じりで魔女は帰路についた。

上機嫌な魔女に対して、俺とリリスの顔色は非常に暗い。

「くそ……これじゃあ間に合わねえ」

「……とりあえず依頼募集掲示板を見よう」

俺達は立ち上がるとすぐにギルドロビーに向かい、依頼の張り紙と睨めっこを始める。

何を見ても安価な依頼ばかりだ。

っというか……俺は愕然とした。

「Bランク級以上の討伐依頼すらねーじゃねーか？　今までは必ずいくつかあったのに……」

Bランク級以上の冒険者がこんな地方都市にいるだけで珍しいみたいな話を、これまで何度か聞いた事がある。

となれば、Bランク級以上の冒険者向けの依頼が出されている事自体が珍しい事なのかもしれない。

どれだけ稼いでも日当で銀貨数枚がいいところ……といった風な張り紙の群れに、いよいよ俺とリリスは絶望した。

最終手段として、俺がAランク級以上の依頼を受けてしまうというものもあったが……これではそれもできそうにない。

「不味いなこれは……」

「……どうする？」

状況は八方塞がりだ。

ぶっちゃけ、どうしようもない。

大貴族の家にでも押し入り強盗でもするしかねーか……いや、流石にそれはダメだ。

どうすりゃいいんだ！

と、俺が泣きそうになっている時、脳天気な声色がギルド内に響いた。

「あ、リュートさんじゃないですか！　これはどうもこんにちは！」

挨拶してきたのは、マンドラゴラ採取に同行した戦士のオッサンだ。

柔和な笑顔を湛《たた》えながら、こちらに向けてゆっくりと進んでくる。

「おお、オッサン……悪いが話をしている時間もあんまりないんだ。用事があるなら手短に済ましてくれ」

「はいはい、そりゃあもうすぐ終わりやすぜ」

オッサンは懐をゴソゴソと漁り始めた。

「これ、この前のバジリスクやマンティコアの報奨金でやす。リュートさんの代わりに受け取っていたのでここで精算しときやすね」

「金貨……十五枚？」

「Aランクの魔物も交じってますしね。正当な報酬だと思いやすよ？　便宜上ややこしくなるので討伐者はあっしって事になってます。何か申し訳ないっすね……手柄を横取りしたみたいで」

いやいやいやいやいや。

グッジョブ過ぎんだろオッサン。

「……リュート……提案がある」

リリスもまた、俺と同じ事を思っているのだろう。

「こうなっちまったら……このオッサンを矢面に立たせて稼ぎまくるか」

「はて？　どういう事で？」

「なぁオッサン？」

「はい、何でしょうか？」

「一か月……俺らを専属のポーターで雇ってくれ」

「どういう事でしょうか?」

「ギルドに対する表向きの手柄は全てオッサンだ。金は二割やる。獲物はリリスのレベリングを行いながら俺が狩る。具体的に言うと、まず、ここから一番近い大都市……サムークまで早馬を飛ばす。そして、そこのギルドで高難易度の討伐依頼を上から順に引き受けていく」

そこでようやくオッサンは状況を理解したらしい。

「サムークですと……極ごく稀にSランク級の討伐依頼もありやすが……その場合は?」

「俺がいるから大丈夫だ。っていうかその場合は俺のレベル上げになる」

「なるほど。報酬の二割も……本当にいただけるんですか? それに実績はあっしで……本当に良いので? 猛速度でそんな依頼を片付けていっちまったら……あっしはすぐに功績が認められてAランクになっちまいやすぜ?」

「ああ、それでいい。で、一か月でリリスのパワーレベリングを終えて、更に十分な金もこっちは得る事ができるって訳だ。お互いにメリットもある事だし……協力してはくれねーか?」

「いやいやいや、こっちとしては願ってもない幸運でやすよ。是非とも御同行をお願いしやす」

「良し、交渉成立だな」

オッサンと固い握手を交わしながら、早くも俺は財布の中身の皮算用を始めた。

今回の件で金のありがたみは痛感した。

あって困るものでもないし、やはり稼げるときに稼いでおいたほうがいい。

リリスのレベリングがてら……そうだな。
とりあえず一か月で金貨五百枚は貯めてやろうか。

時系列はリリスの奴隷紋が金貨十一枚と引き換えに消去された日付とほぼ同じ。
場所は雪山――高度五千メートルを誇るその場所は、年中一面の雪と氷に覆われ外部からの訪問を易々と許す事はない。

――ラマダ寺院。

この世界の中でも特殊な宗教を崇拝しており、地球で例えるならソレはチベット密教の建物や僧侶の風習に近い。
そして視点はコーデリア＝オールストンに移る。

寒い……そして暗い。

光一つない空間で、水だけを摂取しながら既に二週間。

私——コーデリア＝オールストンは、完全な暗室と化した堂内で座禅を組んでいた。

長らく暗闇の中にいるせいで、眠りと覚醒の境界が曖昧になっている。

空腹と倦怠《けんたい》感がアクセントを利かせてくれて、いい具合に分泌された脳内麻薬が、頭の中身をトロけさせる。

と、そんな感じで今、私は荒行をしているんだけど、その理由は二つある。

一つは今までの自分を振り返り自省する事だ。

厄災にも数えられる邪龍：アマンタ。

純粋に肉体を退けるだけであれば、討伐難度はAランク下位程度だ。

が、邪法によって半ば精神生命体になっていたために、邪神の一柱にも数えられる。

その魔物と対峙した際、私はただの村人に助けられるという失態を犯した。

私がリュートに抱く個人的な好意は完全に別にして、それは勇者としては絶対にあってはならない事だ。

私とリュートは同い年で、勇者と村人では戦闘における才能が桁外れに違う。

リュートがどれだけ力を望んだとして、どれだけ努力したとして、私を超える事は本来は絶対に叶わない事なのだ。

けれど、それは起こってしまった。

それは一つの結論へと到達する。


――つまりは、私の怠惰だと。


歴代勇者の中でも稀代の天才と呼ばれる西の勇者：オルステッド＝ヨーグステンは十三歳でAランク級冒険者に、そして十五歳でSランク級冒険者になったという。

それはオルステッドが、今の私と同じ年齢でアマンタを簡単に一人で退ける力を持っていたという事を意味する。

今の私はせいぜいがBランク級冒険者の上位程度の力しかない。

同じ勇者であるのにこの差……これが怠慢でなくて、それ以外の何だと言うのだろう。

この寺に来て、飲まず食わずで暗闇の中、ただひたすらに今までの自分を振り返ってみてその事が分かった。

決して、私は鍛錬において手を抜いていた訳ではなかった。

が、そこに命を賭すような鬼気迫るような気持ちや覚悟は無かったように思う。

まあ、そりゃあそうだろう。

今まで私が命を落とし掛けた経験は、子供の時のゴブリン千匹襲撃の事件の時と、邪龍：アマンタの事件の時だけだ。

そして、その両方を共にリュートに助けて貰っている。

要は、私は心のどこかでリュートに甘えていたのだ。

それはリュートと白馬の王子様とのイメージが被ってしまう程に。

「我ながら……情けない話よね」

と、そこでフラっと上半身が大きく揺れ、鈍い頭痛が襲ってきた。

栄養失調による体調不良だろう。

「ともかく、少なくともリュートと肩を並べる事ができる程度にはならないとね。村人がそんだけ頑張ったってのに…………勇者としてカッコつかないじゃん」

結局、邪龍アマンタの件はお偉いさん達の間では、私の魔力暴走の一言で片付けられてしまった。

そしてそれが、私がここに来た目的の二つ目にして本命の理由となる。

魔力暴走というのは、体に秘めている潜在能力を上手く扱えずに暴走させてしまうっていう状態で、勇者や賢者等の特殊適性を持つ者の幼年期に起こりやすいとされている。

要は潜在能力の百パーセントを、生存本能やらの原初的欲求を引き金として解放・暴走させてしまう状態って訳ね。

魔力暴走に陥った者は理性のタガが外れ、餓えた獣に近い状態となる。

生存欲求が暴走の引き金となったような場合、目につく者を酷い時には敵味方の見境もなく皆殺しにしてしまう事もあるから狂戦士と呼ばれる事もある。

で、ゴブリンの時も調査報告書には、魔力暴走や狂戦士という言葉が記載されていた。

と、まあ、お偉いさんを初めとした事情通の間では必然的に、私は精神的にかなりアレな人という扱いを受けている。

「人呼んで鮮血姫《バーサーカー》……か。全くもって不名誉極まりないわね」

まあ、同い年の村人のリュートが事件を解決したっていうのを、頭の固いオジサン連中が信じる訳もないから仕方ないっちゃあ仕方ないんだけど。

と、そこで堂の入口の引き戸が開かれた。

刺すような光が堂内に入ってきて、眩しさで目が痛い。

昼夜の感覚が希薄になっていたが、どうやら外は昼の様子だ。

「水を運んできたぞ。鬼子折伏の行。いよいよ……今日じゃな」

齢八十の腰の曲がった髭だらけの老僧。

この人は、大陸……つまりは私達が常識とする魔法体系とはまた違った体系の秘術の数々を修めていると言う。

積雪の中で、麻布一枚を加工した僧服を身に着けて涼し気な表情をしている事からも只者ではない。

「導師様……？」

「なんじゃ？」

「これから一体何が起こるんでしょう？」

「……コーデリア殿よ。お主の目的は魔力暴走を意図的に引きおこし、その状態を完全に理性による制御下に置く事じゃな？」

「はい。その通りです」

今の私の実力はBランク級上位と言ったところだ。

もしもバーサーカーとなっている状態を、理性の制御下に置く事ができるとすると、Aランク級上位レベル……あるいはそれ以上の領域の力を引き出す事ができる。

肉体をリミッターカットで酷使する訳だから、当然……かなりタイトな時間制限はあるだろうけどね。

「時にコーデリア殿よ。お主は我々の教義については理解しておるか？」

「人はいつか死に土に還る。どうせ何も残らないのだから、土に還る道中に……つまりはこの世に生きる上で如何に成功しようがあるいは失敗しようが、金持ちになろうが貧乏になろうが意味はない……という事ですよね？」

「そのとおりじゃ。欲に振り回されるが故に、人は苦しみを感じる。しかし、人はいつか死に土に還る。道中がどうあろうが、結局……全ては塵芥と変わらぬ」

「端的に言うと、美味しい物を食べたいという欲求があるから、普通の物では満足できずに人は苦しむという事。本来は素食で栄養さえ足りていれば、それで必要十分なのに……と」

私の言葉に大きく導師は頷いた。

「すなわち、この世における苦しみからの救済とは、人が持つ煩悩の全てを断ち切る事じゃ。そしてこの荒行はその第一歩」

「業を断ち切るための行……なのですよね？」

「うむ。これからお主が行うのは自らの煩悩と向き合い、煩悩を捨て……初期の段階の悟りを開いてもらう事じゃ。そしてそれがコーデリア殿が求めている魔力暴走への対抗手段となる」

魔力暴走は非常に原始的な欲求がトリガーとなって発動される。

一番ポピュラーなのが生存欲求で、命の危険を感じた時に潜在能力の全てを解放して生き残ろうとする具合だ。

「この寺院で禁忌とされる根源の七大欲。この荒行でその全てを理性の制御下に置けるって話ですよね？」

「うむ。自らの欲求を自在に……そして完全にコントロールできるのであれば、理屈上はお主は魔力の暴走を制御下に置く事ができる。ただし、本来であれば初期の悟りとは言え……数年から十数年の時間をかけて開くようなものじゃ。早急に強制的に行うのであれば、やはり脳に影響する魔術の類を扱うしかない」

導師はしばし押し黙る。

「脳に負担がかかるし、先例を紐解けば、折伏に失敗した挙句に廃人となった者も多い。覚悟は本当におありかな？」

頷く私に導師は目を細めた。

「それで具体的には何が起こるんでしょうか？」

「……それは己の目で確かめるのじゃな」

「……？」

不満そうな私を見て導師は困ったように笑った。

「精神世界の有り様の話じゃからな。人によって……試練……七大欲の折伏の方法が異なるのじゃよ。ここでワシが何かを言えばコーデリア殿に要らぬ混乱を与えるだけじゃ」

導師は暗闇の堂内を歩き回り、四隅に置かれている香炉を焚いていく。

軽い麻薬成分の混じっているもので、瞑想によるトランス状態を促進させるものという話だ。

「それじゃあの」

導師が出ていってからどれほどの時間が流れたのかは分からない。

ただ、香の甘ったるい香りが妙に鼻にまとわり付く。

一呼吸するたびに平衡感覚が狂っていくのが分かる。

天井がグルグルと回り、床がウネウネとうねる。

もしも今強力な魔物に襲われでもしたら、一たまりもないだろう。

暗闇の中、上下左右の感覚も怪しくなってくる。

自分が無明の闇の最中、永遠に落ちていくような、あるいは浮遊していくような。

世界が回り、あるいは私が回るような……。

そこで――堂内の床に淡い光が灯った。

光は線となり、床の上を縦横無尽に走っていく。

一本一本の線では意味をなさないが幾何学的な文様を作り出した時にそれは初めて意味をなす。

――魔法陣。


これは脳と精神に干渉する系統の魔術で……と、そこまで考えたところで瞼が重たくなってきた。

表現するのは凄く難しいんだけど、私の中身が空気に溶け出した……みたいな。

どこからが私でどこからが私でないモノなのか、全てが曖昧になっていく。

頭の中身は既にドロドロでぐちゃぐちゃで、そしてくちゅくちゅで……そうして――私の意識は夢のまどろみへと溶けていった。

・・・・

そして気付けば私は全面が白色の謎の空間に佇んでいて……七人の私に囲まれていた。

私は掌をじっと見つめてグーとパーを作る動作を繰り返す。

次に頬をつねってみる。

――うん、きちんと痛い。

そうして見える範囲での、自分自身の姿を確認する。

愛剣は腰に挿さっているし、鎧もいつもの装備だ。

座禅を組んでいる時は全身白色の宗教的な衣装だったから……。

「なるほど。これは私の精神世界……ってワケか」

その言葉と同時、私を囲む七人の私の内の一人がこちらに進みよってきた。

「ねえ、オリジナルのコーデリア＝オールストン？」

「オリジナル……ね。で、何？」

「七人の私達が何を意味するのか分かる？」

私が私に問い掛けてくる。

非常に不思議で、不気味で、そして不愉快だ。

率直に述べてしまうと、気持ち悪い事この上ない。

「大体察しはつくけど、まあ……教えてもらえれば助かるわね」

「七大欲……高慢、物欲、嫉妬、憤怒、色欲、貪食、怠惰をそれぞれが表しているわ」

「なるほど。まあ、そんなところでしょうね」

この鬼子折伏の行は強欲の七大欲……自らの欲望を直視し、自らの精神の全てを、自らの理性のアンダーコントロールに置く事を目的とする。

「私達七人はそれぞれの面での貴方を表している。例えば……色欲を司る私であれば、貴方があの人にどれほど恋い焦がれているのかを知っている……って言う風に」

クスクスと笑いながら私が私に言う。

もう一回言うけど、はっきり言って不快だ。

っていうか……物凄いウザい。そんな事は今更言われなくても私自身が一番分かってるっつーの。

そこで七人の内の色欲とは別の……もう一人の私が歩を進めてきた。

「嫉妬を司る私であれば、貴方が……あの女とあの人との関係を気にして、どれほど毎晩胸を焦がしているかを知っている」

だから、そんな事はアンタ等に言われなくても分かってるって。

「憤怒を司る私は、そこで貴方が逆恨みをして、あの女とあの人にどれほどの怒りを覚えているかを知っている」

そこでケラケラと高笑いと共に七人の内の一人が言った。

「神託を受けた勇者だなんて崇められているけど、一皮剥けば……ただの女じゃん？　小娘じゃん？」

こいつは高慢を司る私……なのかな？

私は拳をボキボキと鳴らし、胸を張ってこう言った。

「ええ、そのとおりよ」

色欲と嫉妬。

正に女の醜い部分をさらけ出したような……間違いなくこいつらは私の一面なのだ。

私は聖人ではないのだから、そんな感情を持つ事は当たり前だ。

——そして、私は決して聖人になど、なりたくはない。


私は勇者だ。

けれど普通の女の子であり、そして普通の人間だ。

眠たい時は眠たいし、食べたい時は食べたい。勝ち目のない戦いで無駄に死にたくもないし、その気もない。

自分の身を守るためなら、時には何かを、そして誰かを犠牲にする事も仕方ないと思う。

あるいは、戦略的撤退という言葉が分からない程にガキでもない。

敢えて他人を傷付けようという程に悪趣味ではないけれど、私の守れる範囲に限界はあって、自己犠牲の精神で何が何でも世界を守護するという程にはお人好しでもない。

「もういいじゃん。諦めちゃおうよ？　二週間の絶食で胃液吐くまで頑張って……これまでもずっとずっと魔物を倒して返り血を浴びて。ケガをしたのも一度や二度じゃない」

こいつは恐らくは怠惰。

彼女達の言う事は全て分かる。

何しろ、全て私が思っている事を、そのまま具体的に言葉にしてリピートされてるだけなんだからね。

「ええ、そうかもね。私がここで全てを投げて……色んな事にバンザイしちゃっても、多分リュートが全部やってくれるでしょうね。そしてその上でリュートは私に優しく……してくれるでしょうね。

確かに……逃げるのは簡単よ。でも、戦う前に逃げるなんて事は私にはできないの」

「どうして？」

怠惰が、理解ができないという風に尋ねてきた。

「ここで私が逃げちゃえば、私は二度とアイツと対等な位置に登る事ができなくなるから」

私は腰の愛剣を鞘から抜いた。

これは七大欲を振り払う試練。

で、あれば……私から切り離すという意味で全員を斬り捨てるのが正解なのだろう。


「そう、私は勇者：コーデリア＝オールストンっ！　村人ごときに……勇者の背負うべき重荷を……背負ってもらう訳にはいかないのっ！」


私はその場に剣を打ち捨て、両手を前にして拳を構えた。

殴り合いの格闘術を使うなんて……どれ程ぶりなのだろうか。

ムカつく事に、こいつらは全員――確かに私だ。

そう、こいつらは全員が全員私なのだ。

確かに、私はリュートの事が好き。

確かに、私は水色の髪を持つあの女に嫉妬している。

確かに、私はリュートと一緒に美味しい物を食べたい。

確かに、私はリュートと一緒に、何も考えずに呑気に……あるいは怠惰に暮らしていきたい。

分かる。

全て分かる。

なんせ、私は実際にそう思っているんだから。

でも、これらの感情はそれこそ私の一部で……決して切り離していい物ではない。

全ての欲望を捨てるような、そんな悟りを開く程には私は老成しちゃいない。

「かかってきなさい七人のコーデリア＝オールストンっ！　私自身が私自身の拳で……私自身の性根を叩きなおして見せるっ！」

話し合いが通じる相手じゃないのは私が一番分かってる。

何しろこいつらは私自身なんだから、とびっきりの脳味噌までが筋肉の——大馬鹿揃いだってのは私自身がよく分かっている。

だから私は……こいつらが私であるということを認めたうえで——

——拳で無理矢理に叩き伏せて、捻じ伏せる。

――そして翌日。
コーデリアは魔力暴走を完全に理性の制御下に置く事に成功し、ラマダ寺院を後にした。
一週間の旅を経て、王都に戻ったコーデリアは王の前で自らの力を示し、一人前の勇者として認められる事になる。

こうして、彼女は陽炎の塔に保管されている、神託の聖剣を受領する許可を得る事になった。

標高は千メートルと少し――山岳地帯の岩場。
砂礫《されき》に覆われた世界に、所々に草と藪が見える。

雲一つない大空に舞う体長三メートル程の飛龍。

ドラゴンの頭にコウモリの翼、そして蛇の尾を持つ怪物で俗にワイバーンと呼ばれている魔物だ。

岩場に大きな影を落とすその魔物に、リリスは杖を構えた。

「……クリムゾンスフィア」

半径五メートルの巨大な炎球が出現し、猛烈な速度でワイバーンに向かい、一呑みにしてしまった。

汎用魔法の中では最上位魔法だけあって、その球体内では鉄をも溶かす高熱が満ちている。

更にリリスは杖を天に向ける。

「……グラビティ」

言葉と同時にワイバーンは炎球を纏いながら地面に落ちてきた。

爆音と共に地面にクレーターが形成される。

続けざま、リリスは再度杖をワイバーンに向ける。

「……サウザンド・エッジ」

無数の真空刃がワイバーンに放たれる。

「……トルネード」

竜巻が発生し、真空刃とワイバーンを同時に呑み込んだ。

現在、竜巻内は高温と真空刃と重力干渉を受け、それはもうエグい状態になっている。

ボトボトボト。

焼け焦げた肉片が周囲に飛び散り、一面が焼肉の香りに包まれた。

ってか、そろそろ昼時か。

昼飯はワイバーンの焼肉に塩コショウとガーリックパウダーでも振ろうかなっと。

「お見事」

俺の言葉を無視して、リリスは不機嫌そうに懐からステータスプレートを取り出した。

「……やはり伸び悩んでいる」

ステータスプレートを眺め、リリスはアヒル口を作った。

そしてそのままリリスはステータスプレートを俺に差し出してきた。

名前：リリス
種族：ヒューマン
職業：魔術師
年齢：十五歳
状態：ヤンデレ(軽度)
レベル：145➡146
HP：4430／4430➡4460／4460
MP：9440／9440➡9510／9510

攻撃力：743➡750
防御力：749➡753
魔　力：2485➡2495
回　避：1350➡1362

強化スキル
【身体能力強化：レベル10（MAX）】

通常スキル
【初級護身術：レベル10（MAX）】

魔法スキル
【魔力操作：レベル10（MAX）】
【生活魔法：レベル10（MAX）】
【初歩攻撃魔法：レベル10（MAX）】
【初歩回復魔法：レベル10（MAX）】
【中級攻撃魔法：レベル10（MAX）】
【中級回復魔法：レベル10（MAX）】
【上位攻撃魔法：レベル10（MAX）】
【上位回復魔法：レベル10（MAX）】
【最上位攻撃魔法：レベル10（ステータス制限により使用不可）】

【最上位回復魔法：レベル10（ステータス制限により使用不可）】
【龍魔術：レベル7（種族及びステータス制限により一部を除き使用不可）】
特殊スキル
【アイテムボックス：レベル10（MAX）】
【神龍の守護霊：レベル10（MAX）】
職業スキル
【多重詠唱】

ステータスプレートをリリスに戻す。

「うーん。ステータス的にはBランク級の下位ってところだな。ってか、このヤンデレってのは何だ？」

「……私にも分からない」

少し前までCランク級の下位レベルだった事を考えると、とんでもない成長だ。

まあ、それはさておき、ワイバーンもまたBランク級の最下位の魔物といったところだろうか。

重力干渉魔法との相性が最悪なので簡単に殲滅できたが、本来であればリリスと同格である。

しかし――ここから先が長い。

格下をいくら狩ったところで取得できる経験値は知れている。

俺が短期間でここまでレベルアップを果たせたのも、毎回命掛けで無茶苦茶をしてきたからだ。

一般的には安全マージンを取りながら、パーティー単位で動いて極力危険を排除しながらレベリングに励むのだが……。

「まあこのレベル枠になってくると……そもそも経験値になる魔物の発見すら難しいからな」

「ここは小国とは言え、一国の首都だという話。だが、一か月もかからずに高ランクの魔物はいなくなってしまった」

今更オークだのを狩ったところでリリスには何の益もない。

Bランクの討伐依頼だと……リリスをAランク級のレベルまで叩き上げるには時間がかかり過ぎる。

AランクやSランクの依頼を求めて世界中の大都市を回るってのも移動時間が馬鹿にならない。

——ボチボチ……外の世界に連れ出す頃合いかな。

まあ、その前に塔に登らなきゃいけねーんだけど。

「しかし全部リュートさんのおかげでやすよ！　Aランクの討伐依頼を四つこなしたところであっしは……ついに念願のAランク級冒険者になれやしたしね！」

実力的にはオッサンが一人でこなせる訳のないような超高難度依頼の数々。

それを次々に最短ペースで片付けていったのだから受付嬢も目を白黒させていた。

「って事で、Bランク以上の依頼は全て片付けた。これから街に帰って夜まではオフだ」

「……リュートはどうするの？」

「ちょっと今後の事を考えようかな……と思ってな。部屋に籠るよ」

「……それじゃあ私は闇市で魔導書の類を漁ってくる」

泥棒市とも呼ばれる場所で、その名の通りに盗品を扱う巨大市場だ。

真贋及び玉石混淆《こんこう》のラインナップだが、まあリリスが魔導書関連で贋作を掴まされる事は有りえないだろう。

「ってか、魔導書って言うとなんでだ？」

「……固有魔法の習得。ステータス的には私はBランクかも知れないが汎用魔法しか使えない。ワイバーンも重力干渉という最大の弱点を突いたうえで、更に合わせ技で本来以上の魔法のポテンシャルを引き出して……ようやく討伐できた」

言葉通り、今のリリスの実際の戦闘能力はCランク級の最上級と言ったところだろう。

「確か場所は旧市街のスラム街だろ？　危ないんじゃねーか？」

「…………流石に少し私を舐め過ぎだと思う。そこらのチンピラなら拳だけでどうとでもなる」

「まあ確かに過保護もよくねーな。でも……気を付けろよ？」

「……承知している」

ごった返す人の中、青空市場には様々なものが売られていた。

泥棒市とは良く言ったもので、売られているものの半分程度は盗品だと言う。

偽物か盗品しかないと言われる貴金属の露天商の一角を抜け、私は古本の露店エリアへと足を踏み入れた。

少し探せば固有魔法の魔導書の類は見つかった。そして、その値は尋常ではない。

何しろ、金貨数枚以上の値段がつけられているのだ。そもそも固有魔法の魔導書は門外不出のシロモノであり一般に出回るのであれば盗品であるなどの特殊事情がある訳だ。

希少価値が物凄いものなので、銀貨数枚という風な中途半端な値段にしてしまうと、自ら偽物ですと宣言するようなものだ。

そう言った意味ではこの強気な値段設定も納得できるものである。

その全ての魔導書を手に取り、描かれている魔術式にさっと目を通し、そして本を元の場所に戻す。

既に十冊以上漁っているが、全てが贋作。

魔法学院の初年度生ですら騙せないような代物が七割で、三割はそれっぽく見せてはいるが……まあ、良く見れば贋作だとは分かる。

「……龍王の大図書館で……人間の扱う事のできる固有魔法を習得しておけば……」

私の頭の中に刻み込んだ龍魔術は確かに強力だ。

だが、それは龍の魔法であり、人の魔法ではない。

「……今の私ではBランク以上の領域ではとても通用しない」

実際、どれだけレベルを上げてもワイバーンより格上の魔物を狩る事はできないだろう。

純粋に、それだけの魔物に有効打を与えうる威力の魔法を扱えないからだ。しかもレベルも伸び悩んでいると来ているので状態は最悪だ。

溜息をついたところで、私はあっと息を呑んだ。

「……あいつは……いつぞやの大貴族……」

目と目が合った。

でっぷりと肥えて、似合いもしないのに無駄に豪奢な赤一色に着飾った中年男。

確かメリッサとかいうBランク級の冒険者を従えていた男で、今回も数人の冒険者を引きつれている。

「……何でこんなところに」

そういえばこの近くには奴隷のブラックマーケットもあるんだったか。どちらにしてもロクな目的でない事は確かだ。

大貴族はまずは私の足元から頭天までを睨み付けるような視線で舐めまわした。

私の周囲に視線を動かして……何かを確認している。

そしてニヤリと下卑た笑みを浮かべると、取り巻き数名に指示を出す。

リュートが近くにいない。そして相手もそれに気付いた。

だからこそ、あの男は醜悪な笑みを浮かべたのだ。

一か月と少し前、あの時、あの男は私を見た瞬間に手籠めにしようとした訳で……。

「……不味い」

こちらに向かってくる高ランク冒険者。

最低でもCランク級中位以上の近接職だろう。

「……」

一刻も早くこの場から離脱する必要がある。

私は足早に人込みの中を縫っていき、数分歩き人込みを抜けた。

更に歩いて人通りは皆無――スラムの路地裏に出たところで、私は振り返った。

「わざわざ人のいないところに誘い込んで……何が狙いだ？」

男達の人数は都合四人。

「……逃げきれる事はできたかもしれないが、勝てる相手にそれをするのは趣味ではない。そして、迎撃するには最悪な場所だった。ただ、それだけ」

「小娘が何を言ってやがる？」

「……人込みの中で魔法をぶっ放す訳にもいかない――クリムゾンスフィア」

半径五メートルの巨大な炎球が出現し、男達の内の一人を一呑みにしてしまった。

「街中で……最上位魔法⁉　いや、こちらの用件も聞かないで……いきなりぶっ放しやがった？　重大な法律違反だぞ⁉」

紅蓮に焼かれた冒険者は一撃で戦闘不能となる。

「……用件も聞かず？　この状態だと拉致監禁及び強姦以外にありえない。故に正当防衛が成立し、違法性は相殺される——サンダーストーム」

雷撃に一人が打たれてその場に倒れる。

残る二人は散開しながらこちらに向かってくる。

「……ウインドショット」

空気の塊を二つ作って男達に放つ。

共に頭部に命中し、男達は後方に吹き飛んでいく。

「……これで終わり」

安堵の溜息をついた時、背後から男の声が聞こえた。

「はい、そこまでだ」

咄嗟に振り返る。

そこには見覚えのある……色黒の格闘家。

「……Bランク級冒険者……メリッサ？　何故貴方が？　リュートに完全降伏したはずで……」

「俺がビビっているのはお前ではなく、お前のツレに対してだからな。ちなみに再雇用してもらった」

ニコリと笑うとメリッサの左フックが私の顎を掠めた。

私はその場に膝をつき、そこで大貴族が現れた。

「ふはは！　ここであったが百年目！　高貴なる血族を馬鹿にした連中に……思い知らせてやる！」

高笑いと共に大貴族はそう言った。

見ると下腹部……股間が盛り上がっている。

やはり、目的は私の予想通りに拉致監禁と強姦だろう。

肩口にメリッサからの蹴りを受ける。

横殴りに倒されて、地面を転がり、大貴族の足元で停止した。

先程の打撃で脳が揺さぶられ、満足に動きが取れない。

いや、動けない。立ち上がる事ができない。

そんな私の状態を確認し、大貴族はニンマリと大口を開いて笑う。

大貴族は、転がる私の両スネを両手で持った。

足を無理矢理に広げ、スカートの中に大貴族が顔を突っ込んでくる。

ふくらはぎと太ももを頬で撫でられる不快な感触。

幸いな事にまだ、股間はまさぐられてはいない。

が……時を待たずに下着を剥ぎ取られて舐めまわされるだろう。

想像するだけで全身に粟肌が立つ。

——全く、完全な油断だ。

こんなスラム街で出くわす相手で、私をどうこうできる者などいるはずがない……と。

あるいは、この状態から大貴族に抗う事はできるかもしれない。

が、大貴族を制しても、結局のところはメリッサがいるので、私にはどうしようもない。

同じくBランク級相当だが、まず、メリッサは近接職だ。このレンジまで詰められていると対処が難しい。

更に極め付けには、私は本来Bランク級レベル以上の魔法職が扱えるはずの、固有魔法が使えない。

反抗したとして、返り討ちに遭って、余計に酷い目にあう事は明白だ。

自分の無力感に打ちひしがれ、視界が涙で滲んでいく。

これで……私の初めてをリュートに捧げるという夢は永遠に叶わない事になる。

傍観の思いの中、思う。

これから、ひとしきり下腹部を舐められるだろう。

私の上に乗ったこの男が視界に入るのは、たまらなく不快だろう。

なので……横を向いてスラムの路地の壁のシミでも数えていようか。

私のスカートの中に頭を突っ込んでいる、大貴族の鼻息を下着越しに下腹部に感じる。

いよいよかと全身に粟肌が立ち、全てを諦め掛けたその時……空から何かが降ってきた。

「ゴブフっ！」

スラムの路地。

路地と言う位だから、必然的に壁と壁に挟まれた通路を指す。

壁があるという事は建物があるという事で……建物には屋上、あるいは屋根が存在する。

そしてそこから飛び降りてきて、ピンポイントで私のスカートの中に頭を突っ込んでいる男の背中を、死なない程度に手加減を施してまで踏んだ男。

「心配だったから駆け付けてみればこのザマだ。全く……だから気を付けろって言ったじゃねーかリリス……」

リュート＝マクレーンが呆れたように笑っていた。


リリスを助けた夕方。

俺達は宿で夕食を取っていた。

今日はリリスの好きな豚の肩ロースの香草焼きで……。

でも、リリスは無言でナイフとフォークを繰るだけだ。

一言も発しないし、無表情を貫き通している。

「どうしたんだよリリス？」

「…………」

食器を繰る音だけが鳴り、リリスは何かをじっと考えているようだ。

「だからどうしたんだよ？」

「……ねえリュート？」

「だから何だって聞いてんだろ？」

「……私は強くなった？」

「ああ、強くなったよ」

「……でも、Bランク級冒険者にかなわない」

ああ、さっきボッコボコにした連中の中にメリッサとかいうオッサンがいたな。

あいつは確かBランク級だったか。

「だから何なんだよ？」

「……これから更に……私にはすぐに伸びる要素はある？」

「すぐにかどうかは分からないが、伸びる要素がある事は保証する」

リリスは溜息と共に言った。

「……レベルは上がるかもしれない。だが、私がリュートの役に立てるとは思えない」

「どういう事だ？」

「使える魔法は……すぐには増えない。ここから先、力を求めるなら固有魔法を習得しなければならない。でも……私は固有魔法を扱えない」

「ああ、そうかもな」

「この一か月と少し、私は少しは強くなった。けれど……成長もここで伸び悩む……私は必要？　今のままの私でリュートの役に立てる？　邪魔にならない？」

「役に立つかどうかは正直なところ分からない。ただ、俺はお前の希望通りに一緒に旅をしようと思っているし、だからこそ時間を割いてこんなことをやっている」

「……もう一度聞く。私は……邪魔？」

「今のままのお前で俺の邪魔にならないかと言われると……正直に言うと邪魔だ」

目尻に涙を浮かべ、儚《はかな》げな表情をリリスを浮かべる。

「……うん。私もそう思う」

消沈したように、リリスはまつ毛を伏せた。

「だから強くなれ。役に立たないと思うなら……強くなればいいじゃねーか。それに、お前のアイテムボックスのスキルは本当に俺には必要なんだぜ？」

「……本当に……色々とすまない」

そして涙をにじませ、声色を震わせながら言葉を続けた。

「……なるから……強くなるから……見捨てないで欲しい」

「気にするな」

「……」

リリスの頭を優しく撫でると、彼女は申し訳なさそうに微笑を浮かべた。

と、そこで背後から酔っ払いの言葉が聞こえてきた。

「おい、お前聞いたか？」

「何をだよ？」

「勇者：コーデリア＝オールストン様が……神託の聖剣の試練……陽炎の塔に挑戦するためにこの街に逗留するって話だ」


「リュート？　こんな時間にどうするつもり？」

リリスが困惑顔で俺にそう尋ねてきた。

まあ、実際、リリスが不審に思う程度には、既に夕陽が落ちて大分と時間が経つ訳だ。

夜歩きなんてリリスとは初めての経験だし、驚きも無理はないだろう。

「コーデリアがどうして陽炎の塔に挑戦するかは知っているか？」

「……神託の聖剣」

「そのとおりだ。所有者がいない状態の聖剣は常に塔の最上部の台座に収められている」

「……というより突き刺さっているという話」

「まあどっちでもいいけどさ。で……今回この街に俺たちが立ち寄ってるのもその塔に近いってのもあるんだ」

「どういう事？」

「塔は三十階建てで中にはトラップや、土塊でできた魔術仕掛けのガーディアンがひしめいてる」

「……うん。それで？」

「開放されているダンジョンではあるんだが、冒険者としては美味しくないんだ。トラップを抜けて敵を倒しても、持ち帰ることが可能なのはガーディアンの土位だからな」

「……聖剣は？」

「国家連合に所有権が帰属しているものだぞ？　そんなもんを盗み出したら一撃で晒し首だ」

少し考えてリリスは頷いた。

「……なるほど」

「しかも攻略難度はAランク……まあ、Aランク相当と認められない限りは、勇者の場合は挑戦そのものが認められないらしいんだけどな。で……勇者以外の誰が、実入りもないのにそんな馬鹿げた難易度のダンジョンを攻略すると思う？」

「……そんな奴はいない」

「そして陽炎の塔は夏にしか出現しないようなレアダンジョンだ」

「……リュート？　何が言いたい？」

「つまり、陽炎の塔は勇者の試練専用と化している。逆に言えば、ほとんど調査されていないダンジョンでもある」

「……なるほど。そういう事か。で、何が隠されていると？」

「勇者の聖剣のエネルギーを補充するために、適切な程特殊な霊気が満ちている場所だからな。そりゃあそれなりのモノはあるんだよ。結論から言うと、最深部と言われている聖剣の台座の間の奥に隠し通路がある」

「……それで？」

「今度は地下に潜っていく訳だ。そうして塔の地下空間には……魔剣が眠っている。そして、これこそが塔全体を包む霊気の発信源でもある」

「……魔剣？」

「人類最強の一角に数えられるロリババァから直接聞いた情報だ。大図書館でも複数の記述があったし……多分ガセって事はない」

「……私が聞いているのは……魔剣とは何か？　という事」

「ともかく……その魔剣を手にする事ができれば生物としてのランクが一つ上がると言われている」

「……生物としてのランク？」

と、俺はそこで立ち止まった。

リリスが周囲を見渡して尋ねてきた。

「……それはそうとして、何故にリュートの隠密スキルを駆使してまで……私達はこんなところにいるの？」

この場所は騎士団の寄宿舎で、それも客人用の一番上等な部屋。

状況によっては王族を招待できそうなくらいだ。

「……そもそもこの部屋は何？」

「ん？　ああ、この部屋な……コーデリアの部屋だよ。忍び込むために俺達はここまでやってきた」

「……え？」


一言で言えば贅沢な部屋だった。

天蓋付きのキングサイズのベッドに個人用プールが併設されたバルコニー付き。

１ＬＤＫという形容が恐らく一番近いが、リビングで三十畳、寝室で十五畳程はある。

壁には高そうな絵画が幾点か並べられ、リビングのテーブルには新鮮な果実が数種類。

まあ、どこぞの南国のリゾートホテルのスイートを思わせるようだ。


――これが勇者の待遇か。ってか、こんな部屋で落ち着いて眠れんわ。


そういえばコーデリアの神託が下ってからお隣さん……オールストン家はとんでもない勢いで田畑の買収に乗り出してたな。

家もどんどん増改築してたし、まあ、そういう事なんだろう。

「……これは何？」

「トレーニング用の器具だ」

絶句するリリスの視線の先は部屋の隅だ。

そこにはダンベルやバーベルの類、あるいは模擬剣に装着するためのウエイトが所狭しと並べられていた。

「……コーデリア＝オールストンは……何故に筋肉の強化をしている？　純粋な筋力がステータスに与える影響は微々たるものなはず……」

この世界でモノを言うのはレベル……更に言うならステータスだ。

レベルアップによるステータス上昇で、それこそ冗談のように体は強化されていく。

純粋な筋肉を鍛えたところでオリンピック選手で百メートル十秒弱だ。

が、俺は音速を突破しているので百メートル走で言えば、コンマ以下の世界の秒数で駆け抜ける。

それがステータスが肉体に作用する効力だ。

「コーデリアには、勇者の育成プログラムに従って常識的な範囲で行われる全ての強化方法は試されている。だからあいつは十五歳でBランク冒険者上位相当の力……いや、今はAランクになったのか。まあ、そういう話だ」

戦略兵器としてのコーデリアを運用している連中は、彼女の強化方法について、格下を狩らせまくるという手法を選んだようだ。

で、その結果コーデリアは、リリスと同じくレベルの上昇について伸び悩んでいるはずだ。

何せ職業：勇者なんだからそれはもう慎重に慎重に……箱入り娘的に育てざるを得ない。

格上相手の危険な討伐なんてもっての他だ。

「で、現状、伸びしろが少なくなってきたコーデリアは純粋な筋力トレーニングにまで手を出している状況ってわけだ」

その意図するところはリリスも分かっているようで、彼女は冷や汗と共に口を開いた。

「やらないよりはマシ程度の……それでいて肉体的負担は非常に高い、そんな自分が辛いだけの……非効率的な訓練をこれほどに真剣に……？」

部屋にある器具の数々を見ていればコーデリアの本気度は誰が見ても一瞬で分かる。

「まあ、こんなふうに勇者ですら地道な努力でやってんだよ。あいつが神託を受けてから何年経っていると思っているんだ？　お前もすぐに強くなろうなんて思わないほうがいいぜ」

リリスの精神は強くはない。

実際、壁にぶちあたる度に、毎回毎回動揺して心を乱して焦燥に駆られてしまっているようだ。

生き急いでいると言うか何と言うか……。

まあ、俺に喰らいついてこようと必死になっているのは分かるのだが、妙に色々と深刻に考え過ぎなフシがある。

「しかし、何故に……？」

「何故って何が？」

「忍び込むような方法を取った？　リュートがコーデリア＝オールストンに頼めば……向こうも嫌とは言わないだろう」

龍王曰くゴブリンの撃退を俺がやっちまったからコーデリアは弱体化してしまったとの話だ。

とりあえず、魔法学院に入学する辺りまでは直接的な接触は極力避けたいんだよな。

自分の事はある程度自分でやってもらえるようにならないと、俺の身がもたない。

と、俺の返事を待たないまま、リリスは天蓋付きのベッドに視線を移す。

そして何かに気付いたように息を呑むと、一直線にベッドに向かって歩みを進めた。

よくよく見るとベッドの掛け布団《キルト》はなんだかボコボコしている。

いや、むしろキルトの中に何かが潜んでいる風にも見える。

キルトを掴んだリリスは迷うことなく豪快にめくりあげて絶句した。

「……これは？」

ベッドの中には大小のぬいぐるみが所狭しと並べられていた。

ウサギとクマ率が高いが、変わったところではカエルもある。

ちなみに、一番大きいクマのぬいぐるみは抱き枕用だろう。

「あいつは少女趣味なところがあるからな……」

「……もうすぐ十六歳になるというに……コーデリア＝オールストンは……ウサギやクマに埋もれて寝ているというのか……」

「しかし……」

部屋を見渡しながら思う。

ウサギやらクマのぬいぐるみがあるかと思えばバーベルやらダンベルの筋トレ用具。

この部屋の光景はいささかシュールに過ぎる。

次にリリスは、部屋の隅にある収納箪笥に向けて歩みを進めた。

そして一番上の引き出しに手をかける。

「……この際だから恋敵の生態を頭に入れておこう」

「おいリリス！　勝手に開けるなよ！　さすがにそこまで行くと泥棒とかわらねーからっ……！」

俺の言葉も聞かずにリリスは引き出しを開いて、再度驚愕の表情を作った。

「……派手な下着」

「黒をベースに真紅の薔薇の刺繍入りか……しかも……大部分が透け透けじゃねーか」

そういえばあいつ、子供の時は寝る時はパンツ一丁だったな。

それが今でも変わっていないとすると……。

「しかし、あいつ、普段からウサギのぬいぐるみに囲まれながら派手な下着で寝てる訳か……」

ゲンナリとしながら俺がそう言うとリリスはフルフルと首を左右に振った。

「……他の下着を見るに、これだけが異常に派手に見える。つまり、これは普段仕様の下着ではない」

「おいリリス？　そりゃあまたどういう事なんだ？」

コクリと頷きリリスは断言した。

「……恐らくは勝負用と思われる」

「勝負用？」

「……これは明らかに対リュートを想定した勝負用だと思われる」

忌々し気に言い捨てるリリス。

「……そして私も持っている」

「持っているっつーと何を？」

「……勝負用を持っている」

「勝負用？　お前も持っているのか？」

コクリとリリスは頷いた。

「というか、私は普段から勝負用を身に着けている」

そしてリリスはスカートの裾に両手をかけた。

「……我常在戦場」

何故に中国語風なのかはおいといて、リリスのスカートをたくしあげる速度は速かった。

つまりは……俺の視界にはリリスの言う勝負用下着が目に入らざるを得ない。

そして俺は驚愕のあまりに大口をあんぐりと開いた。

「なんてこった……っ！　白を基調にした青の水玉……だ…………と？　お前……もう……十五歳だろ？」

「……そう。私のようなタイプは子供っぽい下着のを身に着けた方が……男ウケが良いはず」

こいつは、自分が小柄で可愛らしい容姿である事を最大限に理解し、そして利用しているって事だ。

ってか、全てを分かった上でやってやがるって事か。

あざとい。

なんてあざとい奴なんだ。

更にリリスは言葉を続けた。

「……ちなみに私は持っている」

「何を持っているって言うんだ？」

しばし押し黙り、リリスはドヤ顔でこう言った。

「…………………青と白のストライプも持っているという事。もちろんコットン百パーセント」

縞パンだと……？

本当にあざといなコイツ。正直、軽く引くレベルだ。

「……更に言うなら、それぞれ、青でなくピンクのバージョンも持っている」

ふふんとリリスは勝ち誇ったように、ない乳で胸を張った。

それはいいとして……と俺はリリスの頭にゲンコツを降ろした。

「お前みたいなちんちくりんの下着になんか興味はねーから……とっととスカートを降ろせ」

と、そこで俺の耳に部屋の外の廊下から物音が響いた。

「おいっ⁉　不味いぞ⁉　ってか、リリス……こっちに来いっ！」

慌てて俺はリリスの腕を引っ張り、部屋の隅のウォークインクローゼットに引っ込んだ。

ってか、クローゼットだけで十畳近くある。服は箪笥に収まっている分だけで、何もないのでガランとしているが……それはさておき。

「……急にどうした？　一体……何が……？」

「いいから黙れっ！」

リリスの口を右掌で押さえる。

と、その時、部屋の出入り口の扉が開く音が聞こえてきた。

クローゼットと部屋は板で仕切られていて、板と板の間から室内の様子を窺い知ることはできる。で、誰が室内に入ってきたかと言うと、そんなものは決まっている。

部屋の主であるコーデリアと、その付き人と思われる女だ。

この街の重鎮に晩餐会にでも招かれていたのだろう、仄かに酒気を帯びているようで頬が軽く赤く染まっている。

「しかしコーデリア様……」

眉をへの字にした二十代後半の女がコーデリアに何かを言い掛けるが、コーデリアは手で女を制した。

「二人でいる時は様ってのは止めてもらいたいんですけど……私よりも十歳も年上ですよね？　貴方は聖騎士として……冒険者ギルドランクもBランク級上位ですよね？　実力も……地位も立場もある方なんですから……」

「それでは言い直しましょう。コーデリアさん？」

「はい、何でしょうか？」

「確かに貴方はバーサーカー状態を制するスキルを身に付けました。今の貴方の力量は……お目付け役である私を遥かに超えているでしょう」

「まあ、そうでしょうね」

「貴方こそ、地位も実力もある貴人なのですから……発言には気を付けてもらいたいのです」

面倒そうに、コーデリアは肩をすくめた。

「晩餐会で話題に出たゴブリンと邪龍アマンタの時の話？」

「そのとおりです」

「……私は事実を述べただけ」

「ですからそれは、コーデリアさんの精神が不安定になった結果の幻覚と幻聴です。世間では貴方は何と呼ばれているかご存じですか？」

「鮮血姫《バーサーカー》でしたっけ？」

あっけらかんと言うコーデリアに、女は深い溜息で返答した。

「ともかく、既に貴方はバーサーカーを克服する術を身に付けました。これ以上……自分で自分の評価を無駄に下げるような発言は控えていただきたいのです」

「はいはい分かりましたよ」

「頼みますよ……本当に。それではまた明日」

そこまで言うと、女は踵を返して出入り口のドアへと向かって歩を進め始めた。

が、数歩進んでコーデリアに振り返る。

「どうしたんですか？」

「いやね、一つ気になったんですよ」

「ん？　何がですか？」

「仮に、コーデリアさんを事あるごとに助けて、そして事あるごとに自分勝手に消えていく……しかも女連れで現れて女連れで去っていった。本当にそのような人がいたとして……再会すれば貴方はどうしますか？」

コーデリアはしばし何かを考えて、部屋の中央のテーブルに向かう。

更に置かれたフルーツの盛り合わせの中からリンゴを手に取り、天井キワキワまで放り投げる。

フルーツナイフと、取り分け用の皿を手に取り、そして空中で幾度も閃光のようにナイフを振るう。

そして――コーデリアの持つ皿の上には、分断されたリンゴが綺麗に盛り付けられていた。

「まあ、こうなるわね」

リンゴをひとかけらナイフで突き刺し口に運び、シャクリと咀嚼する。

口元は笑っているが目の奥は笑っていない。

その様子に女は呆れたように笑いながら、ドアへと向かった。

「貴方らしいですね。それでは明日」

ガチャリとドアの閉まる音。

「怖いな」

素直な感想を小声でリリスに伝える。

「……リュート？」

「何だ？」

「……悪い事は言わない。アレは止めておいたほうがいい。伴侶にしたとして、浮気でもしようものならナマス切りにされるのは必定。その点……私なら……仮に浮気されたとしても……」

「お前ならどうするんだ？」

「……枕元にネズミの死体を置いたり、あるいは呪術とか……そういう系でジワジワと仕返しをするだけ」

「どっちも嫌だな」

正直な感想だ。

ってか、俺の周囲の女はロクなのいねえな。

と、そこでコーデリアは服を脱ぎ散らかし、下着姿となった。

白を基調にした清楚な印象を与えるような地味なモノだ。

ベッドに倒れ込むと、クマのぬいぐるみを天井に向けて高々と掲げる。

「まあ、実際には斬らないけどね。でも……殴るのは決定事項として……」

そこで――コーデリアは突然高笑いを始めた。

「殴る？　誰を殴るの？」

コーデリアはすぐさまに真剣な表情を作る。

「リュート……リュート＝マクレーンよ。決まってるでしょ」

そうして、再度コーデリアは高笑いを始めた。

「リュートを？　貴方が殴る？　何で？　どうして、何でなの？」

再度、コーデリアは真剣な表情……否、沈痛な面持ちを作る。

「何でって……そりゃあムカつくからだよ？」

コーデリアは再度破顔させ、室内に高笑いが響いた。

「ふははっ……ふははは っ！　うん、確かにムカついてるわよね？　でもリュートに対する感情は憎しみは一割もないはずよね？」

と、そこでリリスが俺に問い掛けてきた
「……これは何？　腹話術でもないし……どうしてコーデリア＝オールストンは自問自答を？」

そういえば、さっきバーサーカー状態を制御下に置いたって話をしてたな。

ってなると……コーデリアはつい最近、恐らくは相当な無茶をしたはずだ。

「リリス？　鬼子折伏ってのを知ってるか？」

フルフルとリリスは首を左右に振る。

「頭の中に刃物を入れて脳みそを弄繰り回すってのを想像すればいい。それを物理的にやるか、あるいは魔術的にやるかの違いだ。結果、精神汚染術式に莫大な耐性を得ることができる」

人間には色んな側面があって、色んな顔がある。

言い換えるなら、状況や立場が違えば、人は仏にも鬼にでもなれるって事だな。

で、言うなれば自分の中に潜む、そんな色々な人格を無理矢理に切り離すというのが鬼子折伏の常道。

そして更にその上位の折伏法として、全ての欲望……いや、人格を調和させて受け入れるという方法もある。

受け入れるにしろ斬り伏せるにしろ、一時は自分自身の人格の一部を切り離した上で処理する形になる。

精神的に不安定になるのも無理はなく、折伏した別人格と……今、コーデリアは対話をしているという事なのだろう。

「要は……期間限定での後遺症だろう。本で似たような症例を見た事もある」

「……なるほど。把握した」

リリスの視線の先のコーデリアが、嘲笑するように呟いた。

「ねえ、本当に……いつまで経っても強がりは直らないよね？　どうして殴るって発想になるの？」

「強がりって……リュートの話？　でも、殴るのは当然じゃん？」

「はは、本当に救えない馬鹿ね……今まで体を張って助けてもらった事には感謝してるよね？　二回も命を助けてもらってるよね？」

バツが悪そうにコーデリアは顔をしかめる。

「うん……感謝してるよ？」

「だったら、どうして……リュートを殴るとしか言わないの？　先にお礼を言うのが筋じゃないの？」

「まあ、向こうから素直に謝ってくれれば……」

「くれれば？」

「……許さない事も……ないけどね」

「そもそもね？」

「何よ？」

「許すも許さないも、いつから貴方はリュートの幼馴染以上の何かになったの？」

「…………」

「リュートが貴方を置いていく事に、イライラする資格が貴方にあるの？」

「…………」

「そもそもどうして、リュートにそんなにイライラしているの？」

「はいはい。そうですよ。アンタの言う通りよ」

「だからどうして、リュートにそんなにイライラしているの？」

「…………だからよ」

「ん？　何て言ったの？」

小声過ぎて俺にも聞こえなかった。

だが、どうやらリリスには聞こえたようだ。

証拠に、リリスの顔色が蒼白に変わっている。

「何て言ったって？　貴方は私よね？　だったら私がリュートにどんな感情を抱いているかは……分かってるはずよね？」

「ええそうね。どうして素直になれないのかしらね？」

「素直って?」

「再会できた時、お礼を言って、そこから素直に気持ちをぶつければ……八割方は思いは叶うと思うわよ? それがどうして、とりあえず一発殴るって話になるの?」

「今、私が強がる事を止めれば、私はリュートに庇護される事に満足してしまう。私はリュートと対等な関係でありたい……本当の理由はそんなところなんじゃないかな」

「ふーん……分かってはいることだけど、本当に面倒な性格してるね」

「うん。本当にね」

そうしてコーデリアは瞳を閉じた。

数十秒の後、彼女は静かに寝息を立て始めた。

昔からコーデリアは一度寝たら中々起きない。

後十分と少ししたら忍び足で退散といこうか。

「……ねえリュート?」

「何だ?」

「リュートにとって、コーデリア=オールストンとは……何?」

「大切な人だよ」

幼馴染ってか……妹のようでもあり、家族のようでもあり。

少なくとも俺にとって大事な人間であることは間違いない。

昔っからこいつは勝ち気で向こう見ずでほっとけないというか危なっかしいというか。

と、まあ、そんな感じで俺が昔を思い出し、優しさの色を混ぜた呆れ笑いに、口元を緩めていたその時——

——リリスが唇を、血が滲む程に強く噛みしめていることについて、その時に俺は気付いてやることができなかった。

こうして、俺達のコーデリアのお部屋拝見ツアーを終えたのだった。

——コーデリア＝オールストンのお宅拝見の翌日。

私は海鮮卸売市場を歩いていた。

何故かというと市場を抜けた先にある地方領主の館……その中庭でちょっとした催し物が開かれるからだ。

リュートは『コーデリアとは会いたくない。あいつが魔法学院に入学するまでは……俺はあいつとは極力関わらない』と言って、催し物の見学にいかないつもりらしい。

まあ、私としてはリュートを奪おうとする泥棒猫のチェックをしておく必要がある。

将来的にコーデリア＝オールストンは、間違いなく私の計画の最大の障害になる。

「……邪魔はさせない」

そう。

私の壮大なる計画であるところの——リュートとラブラブ大作戦は、絶対に誰にも邪魔させる訳にはいかないのだ。

決意を固めて拳をギュっと握る。

市場を抜け、大通りに終着地点である領主の館が見えた。


領主の館はお祭り騒ぎ。見物客で大盛況となっていた。

それもそのはずだ。

何しろこの街に滞在している勇者：コーデリア＝オールストン、そして帝都から呼ばれた剣聖：アルセン＝ブラギナの模範演武が行われるという事になっているからだ。

まあ、身も蓋もない事を言ってしまえば、要は模擬戦だ。

更に話を分かりやすく言うと、Aランク級の実力を持つと言われるアルセンと、若い勇者との力比べだ。

ロクな娯楽もない市井の者達にとっては、これ程のビッグイベントもない。

館の門に到達したところで、懐から財布を取り出し銀貨を一枚、受付に払い入場する。

領主もチャッカリしたもので、このイベントで金を稼ぐ気はマンマンのようだ。

広大な庭の中には酒やら串焼きを売る屋台やらも出ていて、料金表を見るにあからさまなボッタクリ価格となっている。

商魂たくましいと言うか何と言うか……苦笑しながら私はオーク肉の串焼き三本を手に持って観客席についた。

うん。美味しい。

甘辛い味付けで、値段に目をつぶれば普通にリピート買いも有りえるレベルだと思う。

特設リングは十五メートル四方と言ったところ。

しばらくすると、壇上に蒼い防具を身にまとった赤髪の女が現れた。

割れんばかりの歓声に、赤髪の女は手を挙げて応じる。

そして次に、細身で黒長髪の男が壇上に現れた。

白色の道衣と腰に帯びた剣。防具は左手の籠手程度しか見当たらない。

これは装備からして、間違いなく回避特化のスピードタイプだ。

相当に高名な剣士なんだろう。

勇者であるコーデリア＝オールストンに負けず劣らずの歓声となっている。

そうして二人は剣を抜いて向き合った。

客席の歓声を掻き消す勢いで、大きな音で試合開始の鐘が鳴った。

開幕早々、コーデリア＝オールストンはアルセン＝ブラギナに駆け寄り大上段からの一撃を放つ。

半歩だけ身を翻《ひるがえ》して剣撃を避けるアルセン＝ブラギナ。

更にコーデリア＝オールストンは剣を繰り出していく。

まさに、赤き閃光という形容がふさわしいような電光石火の——勇者の繰り出した無数の剣閃が空を切る。

猛烈な速度で剣を繰り出す、コーデリア＝オールストンの剣技と速度に舌を巻くが……それ以上に剣聖が凄い。

その見切りは完璧だ。

何しろ、ダース単位で襲い掛かってくる、コーデリア＝オールストンの剣を最小限の動きで、危なげなく全て躱しているのだ。

観客は大いに沸き、私はその場で絶句する。

——正直……このような次元の攻防は見た事がない。

リュートの場合は、本気を出した時に攻撃そのものを私の視覚では捉える事ができない。

故にどこまで凄いという事は分からない。ただ、とんでもなく凄いものだとしか分からないのだ。

だが、この攻防は……私のレベルが上がった事もあるのだろうが、目で追う事ができる。

だからこそ、凄さが実感として分かる。

と、コーデリア＝オールストンは苦笑しながらバックステップで剣聖と距離を取った。

「ハハっ……流石ですね剣聖アルセンさん。これでも私も真面目に剣技は学んできたんですけど……まるで相手にならない」

「いえいえコーデリア様。わずか十五歳で……貴方は武という大きな山の頂点……その六合目にまで脚を踏み入れている。その事にこそ私は驚愕しますよ」

そこでコーデリア＝オールストンはニコリと笑った。

「武の頂点で十合目。そして私で六合目ですか？　失礼ですがアルセンさんはどこまで到達していると？」

しばし考えアルセンは言った。

「八合目……というところですかね」

そこでコーデリアはニコリと笑った。

「貴方で八合目なら……私は少なくとも天井超え……十五合目に到達している人間を知っていますよ」

「……？」

いや、コーデリア＝オールストン、それは間違いだ。

リュートは間違いなく十七合目程度には到達しているはずだ。

「っていう事でアルセンさん？　それでは……こちらも本気を出させてもらいますね」

ゾクリ……と私の全身に粟肌が立った。

コーデリア＝オールストンの全身を荒々しい炎のような赤色の闘気が包み、そして——その碧眼が朱色に変色していく。

私の見立てでは、あの闘気は体内の魔力を物理運動エネルギーに変換させるために、爆発及び変換させた際に起きる現象。

そこで私は首を傾げた。

これは所謂……魔力暴走と呼ばれる状態ではないのだろうかと。

つまりは理性を失い、目につくモノ全てを破壊するような、そんな状態に陥るはずで……俗にバーサーカーと言われる状態。

「アルセンさんっ！　流石に貴方相手では手加減はできませんから……初っ端から全力でいかせてもらいますっ！」

「これで十五歳……か。参ったね。まさか勇者オルステッド様以外に……当代の勇者にこのレベルの麒麟《きりん》児がもう一人現れるなんて……しかも女性ですか……」

満足げに頷き、アルセンは言った。

「――ならば、こちらも本気を出さざるを得ないっ！」

と、その時。

コーデリア＝オールストンが……消えた。

そして剣聖もまた、壇上から消えた。

時々聞こえて来る剣と剣がぶつかりあった金属音。

響き渡る足音と空気の振動。

ただ、それだけが二人が壇上で剣を合わせている事を物語っている。

これは……リュートと同じだ。

剣筋が見えないどころではない、姿が見えない。

いや、違う。

リュートの場合は完全に見えないが、二人の場合は私でも目視で姿を捉える事ができる瞬間がある。

そして二十秒程が経過した時、一際甲高い音が周囲に鳴り響いたと同時に、一振りの剣が天に舞った。

剣が壇上に転がり、気が付けば――丸腰で床に膝をつく剣聖と、鞘に剣を納めるコーデリア＝オールストンの姿が見えた。

何がどうなってどうなったのかは分からないが、どうやら決着はついたようだ。

「いやはや……感服いたしましたコーデリア様」

「いや、こちらこそありがとうございます。魔力暴走の制御……この力を手に入れてから初めて本気を出す事ができる相手に出会えました」

そこで、コーデリア＝オールストンに手を引かれて剣聖は立ち上がる。

「しかし……十五歳で私を制しますか。本当にとんでもない……」

「いや……ここでまだ私は満足しちゃいけないんです。私はもっと強くならなくちゃいけないんです。それに、魔力暴走を制御下に置けるのは今のところ一分と少しが限界でして……」

「なるほど。防御に徹していれば私にも勝機があったのですね」

「ええ、そういう事です。それに……」

「それに？」

そして拳を握りしめてコーデリアは言葉を続けた。

「今、私が背中を追い掛けている人の剣技は……こんなモノじゃなかったから」

ハハっと呆れ剣聖は笑った。

「その方がどなたかは存じませんが……少なくとも、貴方が成人すれば、魔物に支配される世界において、人類の版図を少しは奪還できるかもしれませんね。大遠征のその時が来れば微力ながら私も御力添えをいたします」

「私が……戦力を必要とするその時は、貴方なら大歓迎です。その際は本当によろしくお願いします」

剣聖アルセンと勇者コーデリアは互いの力量に敬意を示し合うように、互いに深々と頭を下げた。

大歓声が起き、試合終了の鐘が鳴る。

そこで私は、天を見上げて率直な意見を呟いた。

「……次元が……違う。リュートは愚か……私はあの女の領域にすら……どう足掻いても到達できる気がしない」

勇者ですらも地道な努力をしているとリュートは言っていた。

でも、この差は違う。根本的に何かが違う。

同じ十五歳とはとても思えない。いや、同じ人間であることすらも信じられない。

リュートだけが特別だと思っていた。リュートだけが特別な天才だと思っていた。

が、世の中はそうでもないらしい。

「……勇者と、魔術師か」

乾いた笑いが出る。嫌な笑いが出る。

そして涙が出た。


——才能の壁というものを……生まれて初めて私が心の底から理解した瞬間だった。


コーデリアと剣聖の模範試合が行われた、その日。

夕刻過ぎにリリスは青白い表情で宿に戻ってきた。

一言も言葉を発さずに何やら思いつめた表情の彼女はそのまま宿の自室に戻った。

どうやら、食事も摂らずに風呂にも入らず、自室のベッドに転がり込んで、ただ何やら思案しているようだ。

俺は飯を食った後、風呂に入って、そして自分の部屋に戻る前にリリスの部屋に寄った。

コンコンとドアを叩くと、消え入りそうな声で『……入って』との声が聞こえた。

真っ暗な室内には、何と言うか……とんでもない負のオーラが漂っていた。

どんよりとした空気に覆われた暗闇の中で、闇に紛れたリリスに俺は語り掛けた。

「どうしたんだよリリス？」

しばしの無音の後、リリスの言葉が暗闇の中に響き渡る。

「……最近ずっと思っていた事がある」

「何だ？」

暗闇の中、再度の無音。

先程より相当に長い時間の後、消え入りそうな言葉が聞こえてきた。

「……龍の里に戻ろうと思う」

「それはまた、どうしてだ？」

「……コーデリア＝オールストンの戦いを初めて見た」

「それで？」

「……とてもかなわない。逆立ちしても私が彼女の領域に到達する事は不可能」

「……」

「…………そして彼女はリュートの幼馴染で……私よりも遥かに長い時間をリュートと共有している。

その関係に私が介入する余地も……どれ程あるかも分からない」

「お前なぁ……」

「……私は結局……ただの部外者にすぎない」

俺は部屋の中に進み、ランタンに火を灯す。

「……これは思い付きではない。ずっと思って……そして考えていた事。それに、私の強化のために
これ以上リュートを足止めさせる訳にはいかない」

ベッドの上で、首から下をシーツに包んで三角座り。


――リリスは声を殺して泣いていた。


リリスだって子供じゃないし、自分の力量不足にずっと悩んでいた事は俺も知っている。

だから、俺はリリスにこう尋ねた。

「ああ、分かったよ。でも、本当にそれでいいんだな?」

「……変に引き止めてくれなくて助かる。これ以上引き止められても……ただ……惨めなだけ」

「ただ……最後に一回だけ付き合ってくれ。陽炎の塔ではどうしてもお前のアイテムボックスが必要
になる。で……登り終えた後にお前を龍の里に送り届ける」

リリスは顔から枕を外さずに声を発した。

「……了承した」

陽炎の塔

"I am a villager, what about it"

Story by Arata Shiraishi, Illustration by Famy Siraso

摂氏四十度近い気温。

湿度は低く乾燥している大砂漠。

そんな砂漠に悠然とそびえる——陽炎の塔。

曰く、それは遥か古代の時代に作られた建造物とのことだ。

何故に陽炎の塔と呼ばれているかと言うと、別に塔の所在地が砂漠にあるから……というような単純な理由ではない。

この塔の座標は基本的には異次元に存在する。

説明をすると非常に長くなるし、分かりにくい。何よりも、色んな書物に目を通したが俺も理屈は良く分からんかった。

端的に言うとこの塔には不思議な力が働いていて、聖剣の安置場所として霊的エネルギーの補充に丁度良い力場が形成されている。

そして不思議な力場が形成されているが故に、限られた期間内にしか現世に姿を現さないという寸法だ。

「いつでもこの場所にある訳でもなく、存在そのものが揺らいでいるようなもの……更におあつらえ向きに所在地が砂漠のド真ん中だ……故に、陽炎の塔と呼ばれている」

「……なるほど」

と、まあそんなこんなで俺達は今、勇者の試練場として世界的に有名な陽炎の塔の門の前にいる訳だ。

「……神託の聖剣を抜く事ができるのは勇者だけ。そして……リュートは既に聖剣よりも遥かに性能の良い武器を持っている」

「ああ、俺のエクスカリバーの方が性能は二～三ランク程度上だ。まあこれはほとんど反則級の武器だからな」

「……前にも聞いた事があるが、リュートの目的は聖剣ではない……ということだった」

「そういう事だ。龍王の大図書館で散々にその手の伝承を読みふけったんだが……実はその先があるんだよ」

「……聖剣の突き刺さった台座の奥？」

「そうだ。本来は神託の聖剣が塔の最上階の最終階層という事になっているんだが……隠し通路と地下に続く螺旋階段が隠されているはずだ」

「……ところでどうしてこの人が？」

リリスが訝し気な表情で筋骨隆々のオッサンを指さした。

「俺の爺さんが一度この塔を攻略したことがあるんだ……お嬢ちゃん。まあ、ガイドみたいなもんだと思ってくれ」

「オッサンが……どうしてもついてきたいってうるさかったんだよな。短い間とは言え、同じ釜の飯を食った仲だし……まあ塔の中には詳しいらしいし、役に立ちそうだから連れてきた」

どうやらオッサンは俺が大好きみたいだからな。

っていうか、オッサンは魔物の討伐の手柄を横取りしたっていう意識があるらしく、俺らに多大なる恩を感じているようだ。

実際問題、俺らは一財産を築いたし、普通にギブ&テイクな関係なんだが……まあ、オッサンは義理堅い性格のようで。

『必ず役に立ちますから連れていってください！』

と、酒場で絶叫されてしまうと連れてこない訳にもいかない訳だ。

で、言うまでもないが塔は勇者の試練の儀でもある。

必然的に並の冒険者パーティーでは到底攻略は不可能だ。

で、今回の俺達の攻略メンバーは俺とリリスと、そしてオッサン。

「オッサン？　分かってるな？」

「それはもう、あっしはお嬢ちゃんの盾になりやすんで」

とりあえず、リリスとオッサンはセットだ。

リリスはオッサンの背後にぴったりとついてもらって、危険は全てオッサンに被ってもらう。

まだまだリリスの実力は心もとなく、オッサンの護衛がないと俺も安心はできない。

そういう条件でついてきてもらったという打算もある。

……ぶっちゃけた話をするとリリスをここに連れてきたのは彼女のアイテムボックスが必要ってのが理由ではない。


確かにこれから先の遠征では、そのスキルは必要だ。

けれど、今回に限ってはその限りにはないのだ。

リリスが何を考えて、何を思って、龍の里に帰るという結論を下したのか。

その気持ちは俺には凄く分かる。

それは俺も前回の人生の時に、俺がコーデリアを見て思った事とほとんど同じ事なんだろう。

だから、リリスの気持ちは痛い程に分かる。

でも、あの時の俺と今のリリスでは事情が少し違う。

確かに才能はコーデリアに比べると足下に及ばないかもしれない。

でも、リリスは村人ではない。魔術師という普通の職業だ。

絶大なバッドステータス耐性やステータスを大幅に増加させる神龍の守護霊という成長補正のスキルも持っているし、更に言えば、リリスは頭が良い上に努力をする才能がある。

そして、リリスには俺がついている。

そしてこの塔の最深部には『生物としてのグレード』を一ランクあげるような『何か』があるはずだ。

あるいは……ここでリリスに自信を取り戻させる事ができるかもしれない。

ギュッと拳を握って、俺は眼前にそびえる塔を睨み付けた。

「さて、とりあえず、最上階まで上がる必要がある。面倒だが……俺らも勇者の試練とやらを突破していこうか」


——第一階層。

半径百メートル程のだだっ広い部屋。

二百メートル先の対面には二階へと続く階段が見えて、その間の床にはアダマンタイトで成形されたタイルが敷き詰められている。

ここでドンパチが起きたとして、よほどの事が起きない事には傷一つつかないだろう。

床と壁以外には何もない空間だが、中央に五メートル程度の身長の、斧を持った巨人像がただ一体だけ仁王立ちになっている。

と、まあ、これが第一階層の構成だ。

「爺さんの残した日記によると……ここは即死級の罠がたくさんありやすから気を付けてくださいね」

「そういえばオッサンのお爺さんは、どうしてこんな塔を攻略しようと？」

「当時の勇者様の正式パーティーとして、ウチの爺さんがこの塔を登ったんでやすよ」

「へえ、オッサンの家は実は名門だったりするのか？」

「いやいや、そんな事はないでやすよ」

勇者のお付きと言えば貴族の名家で才能に恵まれた者か、あるいは叩き上げの高ランク冒険者と相場が決まっている。

貴族であれば武功をたてて宮廷でのしあがれるし、冒険者の場合でも手柄次第では下級貴族の称号を得る事も珍しくない。

どちらにしても最低でも冒険者ギルド換算でBランク級上位以上の実力が必要なので、狭き門である事は変わらない。

「そんな事ないっつーと？」

そこでオッサンは遠い目で天井を見上げた。

「勇者様がこの塔を攻略した瞬間……リストラにあっちゃったんですよね」

「お……おう……」

「Bランク級冒険者として爺さんはそれなりの財を築きましたが……そこまででやす。貴族になってもいないし特権ももらっていないんでやす。と、それはともあれ……リュートさん気を付けてくださいね」

「気を付ける？」

「タイルを踏めば起動するタイプの罠が多くありやす。足元を良く見れば罠のタイルは色や質感が少しだけ違いやす。くれぐれも不用心に歩を進める事は……」

「ん？　何か言ったか？」

カチっとタイルが音を立てて少しだけ沈んだ。

右斜め前方から風切り音と共に猛烈なスピードで何かが飛んでくる。

「あぶねえな。俺じゃなかったら死んでたぞ」

飛んできたのは矢だった。

ちなみに、速度は相当なモノでAランク級でも上位クラスじゃないと避けたりはできねーだろう。

「毒が塗ってあるな……それもかなり良くない部類のヤツだ」

そういえばコーデリアって脳筋だったよな……罠とかそういう類には疎いはずだ。

「この罠はコーデリアには良くないな。あまり過保護に過ぎるのは良くねーんだが……」

どうしたもんかと考えていると手に持っていた矢が溶けていき、空気と混じって消えてしまった。

「……？」

不思議そうに首を傾げる俺にリリスが補足説明をしてくれた。

「……塔に循環する魔力から、一時的に質量を伴った実体を形作っていたものだと思われる」

「なるほど……」

もう一度罠を踏んでみる。

「リュートさん⁉」

思った通りに今度は矢が飛んではこなかった。

どうやら一発打ち止めという事らしい。

「リリス？　魔力から質量を作るには相当な時間がかかるよな？」

「……まあ数か月もあれば再装填は可能だと思う」

この塔が出現するのは一年に一回程度の期間限定だ。

逆に言えば、この塔の設備は一年に一度だけ使えればそれで良いという話でもある。

「過保護は良くねえが最低限の助けは必要だろうな。あの毒も併せて考えると……この矢は即死級のトラップだしな」

「……どういう事？」

「この部屋のタイルは、コーデリアが来る前に俺が全部踏んでおくって事だ」

流石に魔法学院入学前に、コーデリアが死亡してしまっては目もあてられない。

あんぐりとリリスは口を開いて、呆れたように呟いた。

「……え？　それは……過保護以外の……何物でも……」

そして寂し気な眼差しでリリスは遠くに視線を移し、引き攣った表情を浮かべた。

「……まあ……これもまた愛情の形……か。既にレースから降りてしまっている私には関係のない話」

「何言ってんだよお前」

と、それはさておき、とりあえずは一階を突破しないといけない訳だ。

俺達は慎重に歩を進めて部屋の中央に差し掛かった。

そこには斧を持った巨大な石像。

「リュートさん！　そっちに行っちゃだめでやす！　明らかに怪しいでしょそれ⁉　ダメ！　ダメ！　行

っちゃダメって……ああああああああああああああ！」

「どうしたんだよ？」

オッサンは俺の前方五メートル程にある巨人像を指さした。

「ガーディアンの稼働領域に……っ！　入っちゃってますよっ！」

オッサンの言葉と同時に斧を持った大石像が動いた。

まあ、あからさまに怪しいよなこれは。

普通なら近づかないだろうがコーデリアは悪く言えば考えなしなところがある。

あいつならやりかねない……と、そういう気持ちもあったので先に俺が危険に飛び込んだという訳だ。

「よっこいしょっと」

俺は巨人像に向けて飛び上がり、空中から大上段で剣を振り落とす。

巨人像は体に見合わぬ俊敏な動作で、斧を盾に剣撃を受けた。

「こいつ……俺のエクスカリバーの一撃を受けやがった……だと？」

着地した俺はバックステップで十メートル程距離を取る。

「リュートさん！　このガーディアンは一定以上距離を取るとそれ以上は襲ってきません。そのまま離れて！」

しばし石像を観察する。

なるほど、確かに今の距離では攻撃は仕掛けてこないようだ。

身体能力強化術を全発動。

そのまま俺は再度石像に駆け寄り――音速を超えた速度に至り、そのまま全力で斬り付けた。

一回。

二回。

三回。

四回。

五回。

六回。

七回。

無数に分断された石像は地面に音を立てて転がっていく。

そしてしばらくすると石は土へと姿を変えていく。この石像もまたこの塔に循環する魔力によって、土塊から仮初《かりそめ》の生命を与えられて形成されたのだろう。

「……リュート？」

「どうした？」

「……何をしている？　何故、そこまで念入りに分断した？」

「いや、この石像……本気じゃないとはいえ、俺の一撃を受けたんだぞ？」

「……見ていたから分かる。そして結果から言うと……距離を取って無視すれば良かった」

「だが、コーデリアにとっては凄く危ないだろう？　まともに対峙すればあいつの力じゃ多分……大怪我じゃすまない」

「…………そもそもがトラップ的な魔物で……普通は闘争ではなく逃走を選ぶというような魔物のはず……過保護……」

まあ、危ないモノは危ないんだから仕方ねーだろ？

心配になっちゃうんだからさ。

で、俺にジト目でそう言ったリリスだったが、首を左右に振った。

「……いや、私は龍の里に帰る……なら……これ以上は言っても意味はないか。後は二人の好きにすればいい。私はもう……関係ない」

そこでオッサンがバンザイするように両手をあげてこう言った。

「いや……危ないどころか並の若い勇者ならガーディアンの手にかかると即死……それをナマスみたいに刻んじまうんだからやっぱりリュートさんは半端ないでやすね」


終始そんな調子で、俺達は全ての罠をデストロイしながら塔を登る。

っていうか、この塔って本当に何の目的で誰が作ったんだろう。

毒矢は魔術で無から有を作り出す形で再生産可能っぽいが、罠の中には俺が初めて引っ掛かったようなものもあった。

まあ、俺はしらみつぶしに罠をデストロイしてんだから、そういう事もある訳だが……初回の罠は実体の伴った普通の毒矢だった。

リリス曰く、二発目以降は毒矢は魔術で生産されるらしい。

何でそういう仕様にしてんのかイマイチ分からんかったが、深く考えても仕方がない。

で、ようやく折り返し地点である第十五階層に辿り着いた。

「ここは？」

そこには本当に何も無かった。

だだっ広い空間にはツルツルとした床とツルツルとした壁があるだけだ。

「休憩場所です」

と、そこで俺はこの階層の違和感に気が付いた。

まず、次の階層に辿り着くまでの階段が存在しない。

それに天井が——高い。いや、高過ぎる。

「壁にはとっかかりも何もないが、どうやって次の階に進むんだ？」

「だからこそ、先程あっしはここは休憩所だと言いやした」

「どういうことだ？」

オッサンは人差し指をピンと立たせた。

「一日に一度……正午」

「ふむ」

オッサンは壁を指差し、そして円を描くようにその場で一回転した。

「塔の壁から螺旋階段が浮き出てくるという話です」

なるほど。

時限式で階段が飛び出してくるって訳だな。

「しかし、なんでそういう構造に？」

オッサンは困り顔で返答する。

「あっしに聞かれやしても……」

まあ、そりゃそうだな。オッサンに分かったら逆に驚くわ。

で……昨日、十三階で一泊して、現在の時刻は午前十時となっている。

「昼飯にはまだ早いな」

正直なところ、疲労もないしここで休憩する意味も薄い。

はてさてと考えて俺はポンと掌を叩いた。

「要は登ればいいんだろう？」

壁際まで歩く。

そしてエクスカリバーを取り出し、ズサリと壁に突き刺した。

「え？」

「……え？」

オッサンとリリスが同時に大口を開けた。

そして俺は壁からエクスカリバーを引き抜くと同時に指を入れる。

指で体を持ち上げて、先ほどよりも上方にエクスカリバーを突き刺す。

これを繰り返し、足場……じゃないな……よじ登るためのとっかかりを作っていく。

まあ、要はロッククライミングだ。

十メートル程登ったところで下方に声をかける。

「良し、お前等もしばらくしたらついてこいよー」

俺がそう言うと同時、オッサンが驚愕の表情でこう尋ねてきた。

「この階層の材質はアダマンタイトどころか……オリハルコンです！　絶対強度を誇って……穴どころか……かすり傷をつけることすら……」

「ああ、そのことか」

俺は誇らしげにエクスカリバーを頭上に掲げた。

「俺の愛剣は、大体の物なら簡単にナマスに刻むことができる」

その言葉で納得したのかオッサンは一瞬頷きかけて――そして再度質問を投げ掛けてきた。

「しかし……一時間ちょっとですよ？　大人しく待つという選択肢は……」

「コーデリアだ」

「……と、おっしゃいますと？」

「あいつは脳味噌まで筋肉なんだよ」

「……え？」

「で、あれば……時限式で階段が出てくるというルールに気付かない可能性がある。そうなればあいつは……ここで引き返して聖剣をゲットできない可能性があるんだ」

「……？」

納得いかない表情のオッサンとリリスだが、俺は更に説明を続ける。

「が、ロッククライミングなら分かりやすい。あいつは喜んで登っていくだろう」

これはオッサンとリリスにも分かりやすかったらしく、何とも言えない表情で二人は頷いた。

「リュートさん？」

「何だ？」

「相手は勇者様ご一行ですぜ？　この塔に関する文献もちゃんとリサーチした上で万全の態勢で挑んできやすでしょう？」

「そりゃあそうだろうな」

「要らぬお節介って……奴じゃありやせんか？」

「そういう考え方もできるが、でも、コーデリアならやりかねないんだよ。あいつは五歳の時に自分でハチの巣をつついてエラい目にあった事があるようなアホなんだぞ？」

何故だか分からないが、リリスとオッサンはダメだこりゃという風に、お互いを見やって肩をすくめた。

「……本当に過保護に過ぎる」

「お嬢ちゃん、この場合は……仕方ないと割り切るしか……」

「何言ってんだよお前等？」

――そうして俺達は、こんな調子で罠の全てを破壊しながら、日が暮れる前に第三十階層へと辿り着いた。


全面に毛の長い赤絨毯が敷き詰められている。

ご丁寧にも金刺繍の入ったクラシックな代物だ。壁にも彫刻や絵画の類が飾られている。

俺にはイマイチ美術品の価値は分からないが、まあ……すっげえ高いんだろうなって事は分かる。

シンとした冷たい――張りつめた空気。

この階層の雰囲気は荘厳という言葉がふさわしい。

で、入口の向かいの壁の近くにある台座には突き刺さった聖剣が輝いているって訳だ。

「まあ、今回は聖剣はスルーなんだがな。行くぞ？」

と、リリスに言った瞬間――

「……リュート？　どうしたの？」

俺はエクスカリバーを取り出してその場で構えた。

「オッサン……リリスを頼む。いつでも階下に避難できるようにしといてくれ」

俺の言葉を受け、オッサンは一瞬だけ呆けた表情を作った。

が、腐っても歴戦の戦士だ。瞬時に状況を理解してリリスと俺の間に割って入った。

「これである程度のリリスの防御は担保されたな……」

俺は前方を睨み付ける。

「やめといた方がいいと思うよ、坊や？」

開口一番に褐色の肌に銀髪ショートカットの女はそう言った。

年齢は二十代後半といったところ。

露出度の高い防具に身を包み、豊満な胸を揺らしながら彼女は首を左右に振る。

「ここから先は、普通の人間が足を踏み入れていい領域ではないんだ」

「なあ、お姉さんよ？　俺が……普通の人間に見えるか？」

「Sランク級最上位ってところかね？　まあ、年齢にしては大したもんだとは思うよ。で……ふふ……逆に聞くけど、私が普通の人間に見えた？」

「見えねーから、こっちは冷や汗かいてんだろうがよ」

ゴクリと俺はつばを呑んだ。

ステータス隠蔽スキルを使っているのか、どうにも戦力差が読めない。

確かに強者のようには見えるし、実際に強者なのだろう。

そもそも、俺に一切の接近を感じさせずに会話ができる距離に突然出現したのだ。

「私も余計な仕事は増やしたくないから、ここで退いてくれると助かるんだけどねぇ……」

妖艶に微笑を浮かべると同時、俺の背中にゾクリと嫌な予感が走った。

「生憎……遠回りできるほどに時間を持て余しちゃいねーんだよ」

「生き急いじゃってるわねぇ……まあ、ここから先は名前を出す事も憚《はばか》られるあの方の宝物が安置されている」

「あの方？」

「最下層まで辿りついちゃったら……血で清算してもらうしかないよ？」

女はウインクと共にこう言った。

「警告はしたからね？　だから……後で恨み事言われても知らないよ？」

そして――

「消えやがった……」

女は俺が注視している状態から……文字通りに消えたのだった。


聖剣の部屋の隠し通路を通り、俺達は延々と続く螺旋階段を降り始めた。

「ま、ここまでの到達難易度は冒険者ギルドで言うとAランク下位というところだな」

「……そして、この先には何が？」

「それは俺にも分からない」

「……しかし、リュートはどうしてそんな不確定な情報を……確実にあるものとして扱っている？」

マーリンのロリババァが陽炎の塔の情報はガチって言ってたから、まず間違いないんだよな。

ただ、リリスには女の話題をするとめんどくさくなりそうな気がするので黙っておこう。

そうして俺達は三十一階層分の階段を下りきった。

これで地下階層……という訳だ。

オリハルコン製の重厚なドアを開き、俺は独りごちた。

「さて、どうやら……アレの事のようだな」

俺達の眼前には先ほどの聖剣の部屋とほぼ同じ構造……というかそのまんまのコピーされたような空間が広がっていた。

台座もあれば絵画もあるし、剣もある。

ただし、その剣だけが違う。

それは白銀に輝く聖剣ではなく、禍々しいオーラを放つ漆黒の魔剣。

ドアを潜ったところで——俺は大声で叫んだ。

「この部屋には俺以外入るな！」

オッサンはドアの外で動きを止めるが、リリスは既にドアを潜ってしまっていて——俺は舌打ちをした。

「……どうしたのリュート？」

「すまん。ドジ踏んじまった。お前のフォローまではできないかもしれん」

「リュートさん？　あっしはどうすれば……？」

「オッサンは何があってもこの部屋に入るなっ！」

本能が、最大限の警告音を俺の頭の中に鳴り響かせている。

頭蓋骨内は正にアラームのオーケストラ状態だ。

おかげさまで、既に俺の全身は命の危険を感じて、絶賛臨戦態勢のスタンディングオベーションだ。

「これは間違いねーな……久しぶりのガチンコだ」

完全に誤算だ。

まさか人間の活動領域で、知り合い以外で俺よりも上位の存在に出会うとは思わなかった。

先程のリピートのように突然に現れた褐色の女剣士を睨み付ける。

「警告したのに来ちゃったんだね？　この部屋に入った瞬間に坊や達は……アポカリプスの試練に参加するっていう意思表示をしたことになる——私はエスリン。あんたに死を与える女の名前さ。良く覚えておくがいい」

「さっきは実力を読ませないように隠してたのか？」

「ああ、そういうことになるさね」

「理由を尋ねたい」

「理由？」

「警告をするなら……何故に最初は実力を読ませないようにした？」

「警告は仕事で、実際の始末は武人としての趣味……ということで理解できる？　坊やみたいな上玉は本当に中々巡り合えないのさ」

さっきもあの方とか言ってたし、どうにもこいつには飼い主がいるらしい。

「いくつか質問をしてもいいか？」

肩をすくめて銀髪の女は応じた。

「構わないよ。何が何だか分からずに、意味も分からず死ぬのも嫌だろうからさ」

「アレはなんだ？」

俺は女の背後の台座に刺さっている漆黒の魔剣を指さした。

「魔剣アポカリプス」

「……アポカリプス？　おとぎ話で聞いたことがある」

リリスの言葉に俺が続けた。

「そしてそれを引き抜けば……ヒトという種から一つ上の存在になれるって話だが……どういう理屈だ？」

「この試練は非常に単純。要はね……この部屋で前回の達成者と殺し合うんだ。で、負かすことができれば剣を抜くことができる。まあ、試練に失敗すれば殺されるんだけどね」

「なるほど、代襲制って訳か。で、剣を抜けばどうなるんだ？」

「最適なスキルが与えられるんだよ。それも……とんでもないスキルがね」

「スキル？」

「私もこの試練の達成者の一人さね。で……私で言えば短距離での瞬間移動。元々、私は一撃必殺の鋼剣の使い手で知られていたんだけど……いかんせん速度が足りなくてね」

そこで俺は背中に冷や汗をかいた。

「自ら手の内を最初から明かしやがった……だと？　それはお前のジョーカーカードのはずだろう？」

「まあ、明かして対処できるような生半可なスキルではないからね」

確かに、能力を明かされても対処のしようがない。

しかし瞬間移動か……よくよく考えなくてもとんでもないチートスキルだな。

「で、俺がアポカリプスを抜くには……いや、俺に最適なスキルを手に入れるためにはお前を倒さなくちゃならないと？」

「そういう事さね。まあ、実際には私を倒さなくてもスキルは得られるんだろうけど、私の目が黒い内はそうはさせないから、実質的にはそういう事」

「一つ気になっていたんだが……それ程までに大きなスキルを得ることができるんだ、試練突破だけで代償がないという事はないだろう？」

一瞬、はっとした表情をエスリンは作る。

しかし、すぐに余裕の笑みを作ってこう言った。

「中々に鋭い坊やだ。まあ、結論から言うと、寿命の全てが奪われるって事さね」

「寿命の……全て？」

色々と想定はしていたが、流石にそれは想定外だ。

「ってか、お前は生きてるだろ？」

「ああ、正確に言うとね？　一旦全ての魂があの方に奪われる」

「あの方ってのは……誰だ？　お前程の力を持った奴が……誰に従っているというんだ？」

「所詮は私の足元にも及ばないあんたには関係のない話……だからノーコメントさね。で、一旦奪われた後、剣を元に戻す時にアポカリプスのメンテナンス……まあ、代襲制度の番人を任される代わりに、半分だけ返してもらえるのさ」

「……半分？」

「残りの寿命」

「なるほど。そいつは中々にヘヴィーだな」

「覚悟は十分って顔だね？」

「ああ、覚悟なら……前世でとっくに終わらせている」

俺はエクスカリバーを構え、エスリンは銀色に輝く長剣を構えた。

「かかってこいっ！」

戦闘が始まり既に四分程が経過している。

「くそっ！」

先程と全く同じ流れで、俺の肉が裂かれる。

致命傷にならないように避けるだけで精いっぱいだ。

突然現れるエスリン相手に、一方的に攻撃を受ける事既に十数合。

全身に切り傷を受け、俺は出血多量でフラフラだ。

全身から血を垂れ流している状況で、最早どこが痛いのかすらも分からない。

クリーンヒットをもらわずとも、後数撃も軽傷を喰らえば戦闘不能は免れないだろう。

大雨の日にズブ濡れになった時のように、靴は血液でダボダボとなり、酸欠を補うために肩で息をせざるを得ない。


——ぶっちゃけ最早満身創痍《そうい》で、肉体構造的にいくらも持たない。


エスリンのステータスは所詮Aランク級上位程度だろう。

まともに打ちあえば三十秒以内で俺の勝利は確定する。

が……瞬間移動。これは厄介に過ぎる。

背後に殺気。

すぐさまに前方に飛んで攻撃を回避……しきれていない。

背中に走る鋭い痛み。

いや、痛みではなく――熱い。

深くはないが決して浅くはない。肉を数センチの深さで広範囲に一直線に持っていかれた。

全速力でダッシュしてエスリンから距離を取る。

「しかし、本当に無茶苦茶な能力だな」

「お褒めに与り光栄だねぇ……まあ、冒険者ギルドランク換算で一ランク程度上までの相手なら簡単に仕留める事ができる能力さね」

そこで俺は含み笑いと共に言った。

「ただし、この能力は無敵って訳ではないよな」

「そうさね。このスキルはあくまでも瞬間移動であって、完全回避ではないからね。それが何か?」

エスリンの言葉通り、瞬間移動に対処法はある。

パっと思い付いた限りでいくつかあるが、とりあえず俺にできそうな方法を試してみよう。

「余裕のニヤケ面が……気に喰わねえな」

「あんたにソレができるとは到底思えないからね」

と、エスリンはこちらに向けて駆け出してきた。

瞬間移動に対処するのであれば、このタイミングから勝負は始まっている。

すぐにエスリンは瞬間移動のスキルを行使して、俺の死角に回る。

続けざま、突然俺の死角に現れて攻撃を仕掛けてくるだろう。

なら、どうするか。

空間転移するような相手の、動きそのものに捉われちゃあ駄目だ。

言うなれば、エスリンがやっているのは拳銃のトリガーを引くようなものだ。

トリガーを引かれて、瞬間移動を終えてからでは、人間の反射神経では追い付けない。

でも、スキルを仕掛ける前には必ず前兆がある。

何故なら、スキル発動後の出現座標を決定しなければならないから、予備動作が必ず入る。

本当に微かな前兆だろうが視線と表情、そして筋肉の動きが全てを雄弁に語ってくれる。

で……俺がここまで防戦一方だったのも、全てはエスリンの予備動作を観察するためだ。

エスリンの眼球が一瞬だけ、俺の後方に移る。


――今だっ！


予想通りのタイミングでエスリンが消えた。

俺はその場でくるりと一回転し、斜め後方を一気に薙ぎ払った。

カキィンっと金属音。

おっし、ドンピシャっ！

予想通りに攻撃は命中し、エスリンは自らの剣で防御の体勢を取った。

「お前の剣じゃエクスカリバーは止められねえっ！」

エスリンの得物は恐らくはオリハルコン……あるいはアダマンタイト製。

だが、エクスカリバーはその程度の金属であれば簡単に切断できる。

エスリンの剣を両断し、彼女は二の腕に深い傷を負った。

舌打ちと共に再度の瞬間移動。

「もうその技は見切ったっ！」

上空に向けて剣を一閃。

俺ならば大まかな出現座標までは読める。

エスリンは俺の予想どおりの出現座標に現れ、俺はその場所に吸い込まれるように剣撃を放っていた。

「今度は剣で防御はできねーぜ？　さあ、どうする？」

そこでエスリンはクスリと笑った。

「どうするって言われてもさ……」

エスリンが消えたと同時に、俺の全身の汗腺から嫌な汗が噴き出た。

「私の最強にして唯一の……」

今度は左斜め後方から声が聞こえる。当然のことながら、先刻上方に向けて放った剣は空を切っている。

「武器は……」

今度は再度上方からの声。

「瞬間移動だからさ……」

そして――俺の右斜め後ろから声が聞こえた。

ああ、こりゃあダメだ。とても対応できない。

「これが私の本気――連続での瞬間移動」

ハハっ……と呆れ笑いと共に俺は率直な気持ちを口にした。

「こいつは参ったな……打つ手がねえ……」

俺が瞬間移動を見切る事ができるのはせいぜいが一回か二回程度。

瞬間移動のスキルを連荘《れんちゃん》で発動可能って……無茶苦茶じゃねーか。

「しかし、才能に恵まれない村人ごときが……よくぞそこまで叩き上げたもんだね。だが、今回は相手が悪かった。私の絶対スキルの前には敗北の二文字しかありえないんだからね」

「へへ……少し聞きたい事があるんだ。冥土の土産って事で答えてくれねえかな？」

「なんだい？」

「お前があの剣を引き抜いた時の試練の相手は？」

「元々がCランク級の冒険者だったかね？　ステータスの底上げのスキルを取得してAランク級上位の力を身に着けていた程度の奴だったよ。その意味では私はツイてて、お前さんはツイてなかったね」

と、そこでエスリンの斜め後ろの壁にかけられていた絵画が——落ちた。

エスリンは瞬間移動に頼らずとも音速に迫る速度で動けるし、俺は音速を超えている。

そんな俺達の戦闘によって、留め具が馬鹿になったかは知らない。

ともかくバタンと盛大に音を立てて絵画は落ちたのだ。

「クソっ……」

それは俺が水面下で仕掛けていた作戦が無為に終わった事を意味する。

エスリンは一瞬だけ後方を見て俺に視線を移す。そしてはっとした表情を浮かべて再度後方をチラリと見る。

「あれはエクス……マンドラゴラの香？」

エスリンの後方数メートルの位置では濛々と煙が立っている。

無味無臭の、乾燥させたエクス・マンドラゴラの香だ。

凶悪に過ぎる麻薬成分を含んでいて、煙をまともに吸えば速攻でラリっちまって戦闘どころではない。

いや、それどころではなく、致死量を吸い込んでそのまま死亡による決着まであった。

まあ、要はエスリンの連続瞬間移動の合間を縫って、俺は罠を仕掛けていたのだが……。

エクス・マンドラゴラを確認し、エスリンは瞬間移動で俺と香炉から距離を取った。

「参ったな……なんでこのタイミングで……絵画が落ちるんだよ。これで本当に打つ手がねえ」

俺は単独で旅をしていた都合上、状態異常の耐性スキルをいくつか持っている。

エスリンがそれを持っているか否かは賭けだったが、驚愕の表情を見るに……もしも上手く罠が作用していれば俺の勝利だったのだろう。

冷や汗を一筋垂らしながら、エスリンは引き攣った表情で口を開いた。

「悪あがきも過ぎると……可愛くないよ？」

「生憎と、悪あがきは性分でね？」

言葉を終えるか終えないかで俺は駆け出した。

今現在この瞬間――恐らくがラストチャンス。

「何度やっても同じだよ？」

スキルを仕掛ける前には……必ず前兆がある。

その前には必然的にスキルの発動後の出現座標を決定しなければならないし、攻撃動作に入る前の微かな予備動作も必ず入る。

本当に微かな前兆だろうが視線と表情、そして筋肉のこわばりを……見る。

「そこだっ！」

俺はその場で一回転し、斜め右方を一気に薙ぎ払った。

エスリンはやはり俺の思った座標に瞬間移動をしてきたが……そこから更に瞬間移動を重ねる。

「ははっ！　無駄無駄無駄っ！　ここから先の移動座標はお前さんには読めないはずさね？」

斜め左方からエスリンの声。

「読めなくても構わないっ！」

エスリンのスキルは限定空間内の瞬間移動であって、決してこの空間から消え去る訳ではない。

だから俺は、エクスカリバーを捨てて外套の中に手を突っ込む。

――これまでの階層で手に入れた――宙に溶け出さなかった――猛毒の塗られた矢を両手の指の間に、都合八本手に取った。


正直、これは賭けだ。

手での投擲《とうてき》という事も考慮して、恐らくは矢が着弾する確率は四割弱……。

エスリンの表情に焦りの色が混じる。

そしてエスリンが消えて、出現して、また消えて、出現して――

俺が全ての矢を放った後、エスリンは青ざめた表情でこう言った。

「あんた……喧嘩が上手だね？　今のは本当に危なかった」

クッソ……。

俺の放った矢の大部分は明後日の方角に飛んでいった。

そして、エスリンの出現座標にドンピシャに放たれた二本の矢。

その内の一本はエスリンに手で掴まれ、そしてもう一本はギリギリのところで皮膚をほんの少し掠めるに留まった。

「喧嘩が上手……か。まあ、そうでなくちゃ村人でここまで来れちゃいねえ」

「毒がちょっとだけ回って……フラっと来た。私をここまで追い込んだのはあんたが初めてだ。誇っていいよ？　もしもあんたの最適職業が村人……生まれ持っての才能がゴミじゃなければ……もう少しだけでもステータスが高ければ——あんたが勝ってただろうね」

打つ手はもうない。

だが、俺の四肢は動くし意識もしっかりしている。

「坊や？　まだ悪あがきをするつもりかい？」

悪あがきなら、前回にこの世界に生を享けた時から、俺の専売特許だ。

「可愛くねーかもしれねーが付き合ってもらうぜ？　銀髪の女剣士さんよ。とは言っても……打つ手はもうねーんだがな」

「だろうね。表情を見てれば分かるよ」

と、その時——部屋の隅から甲高い声が響いた。

「……境遇にめげない。決して折れない。与えられた手札で必死に考え、そして行動する。強くなる道が分からなければ、調べてそして自分で考え模索する。強くなる方法が険しいのであれば努力と気合いで乗り越える。そして、決して勝てない相手でも……折れずに勝機を探り続ける」

「リリス？」

いつの間にか、アポカリプスの台座にリリスが立っていた。

「……それこそがリュート＝マクレーンの本質」

彼女の手に握られているのは漆黒の魔剣。

「あの小娘……アポカリプスを……抜いているだって？」

絶句するエスリンに向けて、リリスは頷いた。

「……そう。リュートは決して身体的な才能には恵まれていない。リュートは努力の秀才であり、そして悪あがきの鬼才なだけ。彼の歩んできた道は誰にでも……リスクにさえ目をつぶれば……それこそ本当は……覚悟の天才でさえあれば、村人にでもできる道だった」

努力の秀才ってのはスキル：不屈のおかげだけどな。

まあ、悪あがきの鬼才ってのは認めんこともない。

自嘲気味に、リリスは儚げに笑った。

「……所詮は凡人の域を出ない私が、そんなリュートの領域にリスク無しで至ろうなんて……どれ程ムシのいい甘ったれた話だったのだろうか」

あの剣を抜くと寿命を引き換えに、生物としての次元が一ランク上がるようなスキルが与えられるという。

エスリンはAランク級冒険者としての実力のままで、瞬間移動のスキルを与えられたために俺を圧倒する実力を身に着けた。

与えられるスキルはその者が強くなるために最適なスキルであるという。

つまり……と考えると同時、リリスに変化が起きた。

リリスの額がヒクヒクと動く。

その皮が裂けギョロリと爬虫類《はちゅうるい》のような眼球が現れた。

「第三の瞳……か。まあ、リリスの強化のために最適なスキルならソレしかねーわな」

その瞳は人間のソレではなく爬虫類特有の瞳孔が縦長のソレ。

神龍の守護霊を身に宿し、そして龍の魔法の大部分を脳内に習得している彼女。

そんな彼女が強くなるために最もふさわしいスキル。それはつまり――


――龍人化だ。


秘境や魔界を巡り、ツテの全てを辿って、どうにかして俺はリリスをこの状態にもっていこうと思っていた。

が、まさかこのタイミングだとは思わなかった。

これで彼女は人でありながら身に宿す神龍の力の一部と、そして龍の秘術を行使することができる。

俺は現況を再認識し、そして戦況を再計算する。

導き出された答えは――

「でかしたリリス……これで勝てる！　勝率は九割……いや、それ以上だ！」

ただ一つ、アポカリプスを引き抜いた代償。

リリスの寿命については気に掛かるが……今はエスリンの撃滅が最重要事項だ。

俺はエスリンにファックサインを作りこう言った。

「そういえばさっき好き放題に言ってくれたよな？　才能がない？　そんな事は知ってるよ。なんせこっちはただの村人だ。絶対スキル？　ああ、そうだろうよ。はっきり言ってお手上げだ。歯がたたねえ。認めるよ……手も足も出ねえ」

俺はリリスにアイコンタクトを取る。

「だが、俺には仲間がいるっ！」

リリスも、俺が何をしろと言っているのかを正確に理解している。

そりゃあそうだ。

この状況でぶっ放す魔法と言えばアレしかない。

エスリンは止まる事のない冷や汗を、先程から流している。

自身もチートスキルで格上の俺を圧倒していた訳だから、アポカリプスのもたらすスキルの危険性を重々承知しているのだろう。

「何故に何の躊躇《ちゅうちょ》もなく……アポカリプスを引き抜ける？　そしてそのスキルは……何だ？　小娘……お前は……お前は一体……何者だ？」

リリスは小首を傾げ、そして無表情でこう言った。

「…………………魔術師ですが……何か？」

そして俺はリリスの魔法の発動を促すように叫んだ。

「さあリリス！　お前の持っている最強の魔法を……ぶちかませっ！」

リリスは魔力の練成を始める。

初めて発動する魔術とは思えない程に淀みなく術式が形成されていく。

その魔法は本質的に『村人の怒り』と全く同じものだ。

ＭＰの全てを消費して、対象にダメージを与えるという至極分かりやすい攻撃。

ただし、エネルギー効率が全く違う。かたや、村人のレベルアップボーナスの……世間一般でも馬鹿にされるようなゴミスキル。

そしてかたや、人間には扱う事のできない、龍の里に伝わる秘術中の秘術だ。

今現在のリリスのステータスは冒険者ギルド換算でＢランク級の下位程度。

更に龍人化でＢランク級上位となる。

ＭＰの全てを解放する龍魔術の捨て身の一撃ということで更に底上げされ——瞬間的な攻撃力はＳランク級冒険者の大規模魔術の一撃と比べても遜色ない。

そして、その魔法は全方位爆撃だ。

俺の実力はＳランク級冒険者の最上位であり、そして魔術耐性に至っては近接戦闘職では桁違いを誇る。

けれど、エスリンはどこまでいってもＡランク級冒険者の近接職。

「……我が父……金色の地龍の名において……我が魔術の源泉を全て龍の咆哮に変換する……」

一呼吸置いて、リリスは締めの文言を紡いだ。

「——金色咆哮《ドラグズ・ジェノサイド》」

フロアー全体をリリスの全ＭＰが変換された暴力の光が支配した。

「あ……ァ……ああああああああああああああああっ！」

エスリンの悲鳴が鳴り響く。

どこに逃げようとしてもフロアーの全てを攻撃しているのだから逃げ場もない。

「ぐっァ……ああああああああああああああああああああああああああああああああああああああっ！」

延々と続くエスリンの悲鳴。

十秒と少しが経過し、光が収まった後肩で息をしながらエスリンは言った。

「私はもうボロボロさね……だが……瞬間移動のスキルは衰えちゃいない……！　今の魔法は全てのＭＰと引き換えに渾身の一撃を叩き込む技のはず……だったら今の猛攻を耐えきった私の勝ちさね

っ！」

その言葉にリリスが無表情で応じた。

「……どうするつもり？　まさか……私達に勝つつもり？　リュートは言った。先ほど……勝率九割以上だと」

「はっ？　勝率九割？　笑わせてくれるね？　小娘……お前のＭＰは今はゼロ。つまりは全方位魔法も打ち止め……そして私の瞬間移動スキルは消えちゃない！　だったら……お前等に勝機なんてないのさっ！」

最後の気力を振り絞り、俺は音速を突破してリリスに駆け寄る。

エスリンの意識は既にリリスに集中していて、簡単にリリスの下に辿り着くことができた。

——これで勝率は百パーセントだ。

呆れ笑いと共にリリスに問い掛ける。

「全く……無茶してくれるな」

「……リュートにだけは無茶だと言われたくない」

「まあ、そりゃあそうだ」

リリスの杖を俺が右手で持つ。

リリスは左手で俺の右手を握った。

「リリス？」

「……何？」

「俺のＭＰは３００００近い。お前のマックスＭＰは１００００弱——一発が限度だ。確実に仕留めろ」

「……委細承知」

俺とリリスは頷き合う。

そして俺は左手でファックサインを作り、エスリンに言った。

「生憎だがこれで終わりだ」

「……エナジードレイン」

右手から猛スピードでＭＰが吸われていく。

そこで、ようやくエスリンは俺達の会話の内容と意図を理解したらしい。

エスリンは諦めたかのように肩をすくめて笑った。

「——お見事さね。悪あがきも……ここまで来るとむしろ清々しい」

俺とリリスは杖を高々と掲げ、そして二人の声色が重なり、一面に響き渡った。

「金　色　咆　哮　っ　！」

一発目。

破滅の閃光が収束した後、エスリンはその場に片膝をついた。

そして二発目。

終末の審判と見まがう程の圧倒的な光の奔流。

そこで決着がついた。

光が収まった後——そこにはエスリンが痙攣しながら倒れている光景が拡がっていた。

俺とリリスの疲労も限界に達した。

ヘナヘナと折り重なって俺達はその場に崩れ落ちた。

疲労困憊《こんぱい》で息も絶え絶えという風にリリスは俺に尋ねる。

「……ねえリュート？」

「なんだ？」

「……私……リュートの役に立てたかな？」

「ああ。役に立ったよ。お前がいなけりゃ俺は生きてはいない」

素直な感想だ。

リリスがいなければ俺は間違いなく敗北していた。

「……ねえリュート？」

「なんだ？」

「……私……頑張った？」

「ああ、頑張った。勇気を出して……頑張ってくれたと思うよ」

これも本当だ。残り寿命が半分。冷静に考えれば眩暈《めまい》がするような事態だ。

でも……それも込み込みでリリスは全てをなげうって俺を助けるためにやってくれた。

「……ねえリュート？」

「なんだ？」

「……お願いがある」

「ん？」

「……ご褒美が欲しい」

「褒美？」

頬を染めながら、リリスは申し訳無さそうにまつ毛を伏せる。

「……あの……その……」

「何だよ。早く言えよ」

「……頭を……撫でて欲しい」

「…………ああ、分かったよ」

俺はリリスの頭を掴み、ワシワシと無遠慮に撫でまわした。

絹のような質感の水色の髪が揺れる。

「頑張ったな。リリス」

リリスは一瞬だけとろけた様な表情を浮かべる。

が、すぐに首を左右に振ってこう言った。

「……足りない?」

「……撫でられるよりも、ギュッとされる方が良い」

「お前なぁ……」

何を言い出すかと思えば…でも、確かにこいつは頑張った。

「今回だけだからな」

「……うん」

そうして俺はリリスを強く抱きすくめる。

そして頬を真っ赤に染めながら、目尻に少しだけ涙を溜めて――リリスは満面の笑みで笑った。

「……うん。私は今回……本当に頑張ったと思う」

正直に言おう。

リリスがこの時作った表情はこの世の物とは思えない程に愛らしい笑みで――その一瞬だけ、俺の心臓は確かに鷲掴みにされてしまった。

「……しかし……私の寿命は半分に縮んでしまった」

助けてもらったのは俺だ。

で、俺だけがノーリスクでリリスに重荷だけを背負わせると?

もしもそれをしたら今後、俺は誰かを守るとか何かをなすだとか、あるいは誰かに上から目線で高説をかますだとか……そんな資格を完全に失うだろう。

「なあ、リリスよ？」

「……何？」

「確か、剣を抜いた瞬間に全ての寿命を奪われて、そして剣を台座に戻す時……次の挑戦者が現れた際の儀式を行う代理人を了承して半分の寿命を返して貰える……って話だったか？」

「……そう聞いている」

「もしも……重荷を二人で分かち合う事ができるなら？」

「……何を言っている？」

俺は台座に転がった漆黒の魔剣に向けて歩みを進めた。

「どうなるか分からない。が……この世界の平均寿命は五十歳だ。で、リリスは十五歳……残り三十五年間の寿命とすれば本来はお前ひとりで十七年程の寿命を取られて、三十歳と少しで死ぬことになる。でも……二人で割れば八年か九年位だよな？　それなら俺らは四十ちょっとまでは生きる事ができる目算だ。だから、さっき魔法を二人で使った時みたいに二人で剣を握って二人で台座に戻そう。俺にはそれ位しかできない」

しばしリリスは押し黙る。

「……リュート？」

「何だ？」

「……リュートにとって私って何？」

「何って言われても……」

「……私はリュートと一緒にいたい。貴方の進む道を共に歩きたい」

「……」

「……ただのお荷物ではいたくない。私はあくまでもリュートと対等な関係で……一緒にいたい」

俺はやはり、しばらく押し黙る事しかできない。

そして色々考えた後に口を開く。

「なあ、リリス？」

「……何？」

「これからも、一緒に……強くなっていこうな。誰よりも強く、大事なモノを守れるように……」

「……うん」

そうして俺達は二人で剣を拾い上げる。

そして二人で台座に進み、元々突き刺さっていた穴に剣を突き刺した。

と、その時——その場に拍手が鳴り響いた。

「いやあ、中々に面白い茶番劇でしたね。本当に面白い。で……二人で分かち合えるなら……でしたっけ？」

少年なのか少女なのか良くわからない甲高い笑い声。

見た目は十代前半の、燃えるような赤い瞳に黒髪。

中性的な顔立ちの恐ろしいまでに美形がいつの間にかそこにいた。

服装は黒を基調とし、燕尾服をまとった執事のような。

いや、黒のシルクハットを被っている事から、執事とはまた違うか。

ともかく、見た目から立ち振る舞いから、全てが完璧に過ぎる。

あるいはそれは見ているだけで怖くなるような、不安になるようなシロモノですらある。


——完璧な美。


コーデリアも息を呑むような美人だが、こいつは次元が違う。

同じ人間とはとても信じられない……いや、まあ、間違いなく人間じゃねーわな。

そんな、冗談のような美しさを持つ者が、笑い涙を携えて、若干の鼻水を垂らしながら一面に大笑の音響を響き渡らせる。

「ハハハっ！　ハハハハハハッ！　本当によろしいのですか？　根拠も何もありませんが……？　二人まとめて寿命を半分にされちゃったらこのお馬鹿さん達はどうするんでしょうか？　全く……勢いだけでやっちゃいましたね？　私《ワタクシ》も長年、神様をやっておりますけれど、貴方達程のクレイジーは中々お目にかかれるものではありません……フハハっ！　無茶苦茶も良いところではありませんかっ！」

こいつが何者なのかは分からない。

ただ、これだけは分かる。

――今の俺では、いかなる悪あがきをしようが絶対に勝てる存在ではない。いや、傷すらつけられない……違うな。俺の装備では傷をつける事はあるいはできるかもしれないが、俺の技量の問題でこいつにエクスカリバーの斬撃を加える事ができない。

マーリンのロリババァの全力の大規模魔法がモロに入ったとして、恐らく柱の角に頭をぶつけた程度のダメージは与える事はできる。

龍王は実力を見せないから分からないが……あいつが本気出したら、あるいは、数秒間は勝負の形になるような気がする。

だが、今の俺にはそれすらも絶対に無理だ。

床に倒れるエスリンを一瞥し、俺は肩をすくめた。

「こいつの言うあの方……ってのはお前の事か？」

「ああ、自己紹介が遅れましたね。分かりやすく説明するのであれば――私はアポカリプスに宿っている精霊みたいなものだと思ってくれればよろしくってよ？」

分かったような、分からないような感じだな。

「で、アポカリプスってのは結局何なんだ？」

「私は暇を持て余しておりましてね？」

「暇？」

「唯一の趣味は人間観察なのです。アポカリプスを目の前にして、寿命半分と力を天秤にかけて、悩み苦しむ貴方達人間の姿を見るのが最近のマイブームなのでございますの」

「……？」

「まあ、与えるスキルは私を楽しませてもらう代わりのプレゼントでしょうか？　だから、惜しみなく冒険者ランクで最低は一ランクは上がるような……そんな特別なギフトを差しあげておりますの」

「……つまり？」

「例えば、そこの姫君であれば龍人化で一択ですね？　で、貴方の場合は……う――ん。貴方自身にとって有用なのは既にご自身で大体取得しておりますね。これはこれは……いやはや……正直、プレゼントに……困りますの」

「まあそうだろうな。取るべきスキルに困ったからこんなところにまで来ている訳だからな。で……再度尋ねるがアポカリプスってのは何なんだ？　さっきのは回答になっちゃいないぞ？」

「ああ、その事ですの？　要は……アポカリプスは……私が現世に出現するための依代なんですの」

「依代？」

「超高位霊的……いや、精神生命体である私が現世に受肉するのでございましてよ？　大規模な召喚術式や、あるいは依代がなくてどうして現世に現出できるとおっしゃるのでしょうか？」

ああ、と俺はここで納得した。

「本当に地上の人間にとっては大迷惑だから……お前等みたいなのが現世に干渉するなよ……で、お前は何もんだ？　ガブリエルか？　シヴァか？　ゼウスか？　天照大御神か？」

ちなみに地球でも、この世界でも神話に出てくる大物連中は全く同じだ。

そして多分、それらの言葉が指す連中は同一のモノを指しているのだろう。

思うに、そういった霊的質量は次元や宇宙を超えて、どこにでも存在していて、あるいは……どこにでもいない存在と言えるのかもしれない。

俺の質問に、ニコリと笑って少女だか少年だか分からない奴が応じた。

「この説明だけで、そこまでアタリをつけられたのは初めてですの。そう私の名前はルシファー……究極の暇人なのです。何しろ本体は無間地獄の最下層コキュートスに幽閉中ですからね」

オホホと笑うルシファーに、俺は呆れ笑いを浮かべた。

「なるほど、マジで大物だな……」

いや、本当にとんでもない大物だ。これ以上となるとちょっと思い浮かばない。

同格でサタンとかミカエルとかのレベルだからな。

「後、後学のためにお伝えしますが、口の利き方を……少しでいいから理解したほうがよろしくってよ？」

「ん？」

「私はルシファーでございます。魔王としては第一位にあり、魔神としても最高位クラスにありますの。セラフとしてもかつては第一位に居た事もありましてですね……。つまりはSランク級冒険者程度の力しかない分際で……あまり調子にのるなこの下郎が！　……………………っと、まあ、そういう事でございます」

「ああ、そりゃあ……正直すまんかったな」

「ははっ……それでもタメ口ですの？」

「生憎と性分でな」

そこでルシファーは本当に嬉しそうに口元を吊り上げた。

「なるほどこれは面白い……特別に許可しましょう。タメ口でよろしくってよ？　で、私には聞きたい事がありますの」

「何をだ？」

「貴方達は魂の契約について、勢いだけで言っちゃっている部分はあるんでしょうけれど……その本当のところの……本心をお伺いしたいんですの。本当に寿命を半分捧げる覚悟がおありでしたの？」

俺は少し考え、素直に思うところを言った。

「仮に寿命が半分になったとして、時間はそれなりにあるはずだ。俺が守ってやれなくても……守らなくちゃいけない女が、最低でも単独で生き残れる事ができるように俺が仕込んでやれるだけの時間は……多分ある。だからそれでいい。どの道……数年位か？　寿命が半分になってそんな時間すらないんだったら、元々俺の寿命は極端に短いって事なんだろうしさ」

「で、そこの姫君はどう思われますの？」

問い掛けられたリリスもまた、少し考えてこう言った。

「……リュートのいない世界で長く生きても仕方がない。リュートのいない人生を無駄に長く生きる位なら……私の命で何かができるなら。私は……リュートのために喜んで死ぬ」

そこで堰を切ったようにルシファーは笑い始めた。

笑い過ぎで腹筋が痙攣《けいれん》したのだろう。笑い声もおかしくなり、その場でルシファーは床に崩れ落ちてのたうち回り始めた。

「クハっ！　クハハっ！　フっ……フっ……ハハハハハハハっ！　ウハハハハハハハハハハっ！」

「いくらなんでも笑い過ぎだろ……」

呆れ顔の俺に、笑い涙を浮かべながらルシファーは言った。

「ハハっ！　ハハハハハッ！　これはまた面白いですの！　見事な覚悟ですっ！　時に……そこの村人さん？」

「何だ？」

「中々に面白い境遇と道を歩んできていますね？」

「なるほど。お前もまた事情通の一人……か」

「……そりゃあまあ、見れば分かります。最上級神ですから」

記憶を読まれるなんて何年ぶりだよオイ。

俺の魔力数値ですら障壁として完全に意味をなさねーか……。

本気でハンパねーな。

「ああ、一つ訂正しておきましょうか。私、記憶は読めますけど、それだけじゃあなくってよ？　私、ずっと貴方を注視しておりましたの」

「どういう事だ？」

「いつかはここを訪れるとは思っておりましてね……まあ、ここを貴方が素通りする訳もないでしょうと」

「釈迦の掌の上って奴か」

「まあ、私からすればお猿さんも村人さんも大して変わりませんね」

「西遊記を知ってるってか……」

「まあ、暇人ですから。それで私が今回気にしていたのは、貴方がそこの姫君をどう扱うかということでしたの。もしも私を楽しませてくれるのなら、多少のサービスもしてあげようかなとも思っていたところでしてね」

「で、お前が見た俺の……結果は？」

「いや、だから私は今、心の底から笑いましたでしょう？」

「そうだな」

「うん。実に面白いですの。こんなに笑ったのは久しぶりで……全く……見ていて飽きないです」

「無理なら別にいいが……寿命を奪うのはやめてくれねーか？」

単刀直入に言ってみた。

こういう輩には腹芸は通用しないし、素直に聞いた方が成功率も高いだろう。

「あ？　寿命？　今回は免除にしましょう。所詮は……試練の挑戦者に対するただの嫌がらせで暇つぶしなだけに過ぎないんですから。葛藤に悩む虫けらというものは中々に面白いですが」

なるほど。

相当に素敵な性格をしているようだ。

伊達に熾天使《セラフ》最上位でありながら、唯一神相手に反旗を翻しちゃいねえな。

「非常にありがたい事なんだが、なんで俺らには免除なんだ？」

あっけらかんとした表情でルシファーはこう言った。

「貴方達なら長生きしてもらった方が余程面白いモノを見させてもらえそうだからですかね。ああ、後、さっき二人で剣を戻しましたよね？」

「ああ」

「その関係で貴方達の魂は一部溶け合ってしまいました。本来であれば貴方の予想と全く異なり、普通に二人ともきっちり寿命が半分となり、年齢として三十～四十歳位で死ぬ予定でしたが……まあ、今回はそこは気にしなくてもよろしゅうございます」

「一部が溶け合った？　どういう事だ？」

「具体的に言うと貴方達の霊的能力の分野……ＭＰと魔力、そして魔術式を現世に具現化する際の高次元への接続チャンネルが統合されますの」

「サッパリわからん」

「まあ、要はそちらの姫君……リリスちゃんは貴方のＭＰを使用して魔法を今の何倍も撃てて、そして貴方はリリスちゃんの脳味噌で魔術の演算をアウトソーシングしていただいて、普通に高度な魔法を扱えるようになれるって訳ですの」

何故にリリスがちゃん付けなのだろうという疑問はあるが、なるほどそれはすごく分かりやすい。

っていうか、それって……と、俺はここから先の一年間の修行方針を瞬時に書き換えていく。

とりあえず、仙人……劉海《りゅうかい》のクソジジイのところにダッシュして仙術を覚えるところから始めようか。

「へへ、そういう話なら俺は村人の中で最強じゃなくて、本当に全人類の中で最強になれるかもしれねーな」

「ところで、本題に入ってよろしいですの？」

「本題？」

「貴方は何のスキルが御所望でしょうか？」

「おい、まさかお前……俺に選ばせてくれるのか？」

絶句する俺に、ルシファーはニコリと頷いた。

「私にすら、貴方に最適なスキルは分かりません。ならば、現存するスキルの中で貴方の望むスキルを与えるのが一番早いでしょうに？」

マジかよおい。

現存する全てのスキルときましたか。

正直、出来過ぎた話だが俺は即答した。

「神喰《ゴッドイーター》らいのスキルだ」

「ふむ。スキル強奪でも経験値十倍でもなく、あるいはステータス三倍でもなく……神喰らいでいいのでしょうか？」

「スキル強奪って言っても雑魚スキルをどんだけ盗んでも意味はねえ。経験値十倍も、俺と同じ領域の存在がいなくなれば経験値自体が手に入らなくなる。そしてステータス三倍……これは少し魅力的だがな」

「なるほど。これから先も無茶な道を歩む気なようですね。貴方にスキルを与えてしまうと、近い将来……私も喰らわれてしまうかもしれません」

「最強を目指してるもんでな。とりあえず向こう一年で下級神を狩りまくる。当面の最終目標はベルゼブブにしておくよ」

「はは、上位魔王の一角ベルゼブブでとりあえず……ですの」

そしてルシファーは手をパンと叩いて言葉を続けた。

「せいぜい、貴方に同化されないように私も気を付けましょう。いやはや、貴方と話ができて本当に良かったですわ」


――そうして俺は『神喰らい』のスキルを得る事になった。

数日後。

陽炎の塔を攻略する一人の若き勇者がいた。

そのダンジョンは攻略難易度はAに認定されており、勇者の試練とも言われる高難易度ダンジョンだ。

高ランク冒険者を引き連れて、彼女はまるで無人の野を行くかのごとく、物凄い勢いで塔を攻略していく。

その速度と言えば本当にとんでもないもので、歴代の勇者の中でもぶっちぎりの最速記録だ。

それもそのはず、そのダンジョンの罠は全て解除されており、無機物で構成される魔道生物――ガーディアンも軒並み破壊された後だったのだ。

困惑した表情で彼女は聖剣の間へと辿り着く。

聖剣を握り、狼狽を隠せない風に呟いた。

「……本当に……これ……聖剣……？　ってか……試練が何もない……？　一体全体……どういうコト？」

そのまま聖剣を引き抜いた彼女は天井を見上げる。

そしてやるせない気持ちを天井にぶつけるように大きな声で叫んだ。

「これじゃあ……バーサーカーモードを習得した意味がないじゃないのおおおおおおおおおお！！！！！」

そんなこんなで――

――戦乙女の、何とも言えない怒りの咆哮が陽炎の塔に鳴り響いたのだった。

幕間　～図書館の司書の独白　後編～

あれから――

黒髪の少年と水色の髪の少女は、私に龍王の大図書館への就職を斡旋してくれた。
これが私が図書館の司書へと就職した経緯だ。
別に冒険者稼業を辞めなくても良かったのかもしれない。
けれど……リリス――あの少女の純粋な瞳を見て思った事がある。

――女ながらに剣術道場に通い始めたあの時。

最初は純粋に強くなりたいから剣を習い始めた。
で、いつしか私は強くなった。
後輩や弟子。

守るべきものもできて、更に腕を磨く理由もできた。

私の師匠はかつてAランク級上位の剣聖だったが、当時は既に高齢で、実質的には私が主席師範として道場最強だった。

そんな時に現れたのが、Sランク級の賞金首である東方の侍だ。

力を求めるあまりに、魔物であろうと人間であろうと構わずに、経験値を求めるために大虐殺を行う……そんな奴だった。

道場破りでみんなが殺されて……。

元々、奴が狙っていたのは師匠だった。

私が一番強い事は奴は知らなかったようで……奴の太刀筋を見た瞬間に、敵わないと悟った私は弱者を演じ、相手の油断を誘って致命傷を避けた。

結果、私は虫の息の状態で助かり、一命をとりとめた。

兄弟子や後輩、教え子達。全てが血の海の中に転がっていて——その後、私が剣を取る理由は憎悪と怒りに押しつぶされた。

もう二度とあんな思いをしたくないから、私は更なる力を求めた。

陽炎の塔に挑戦し、絶対的な力を得た。

復讐も、果たした。

それからも私は力を求めて強者を屠り続けてきた。

何故なら、あんな思いは絶対にしたくないから。道半ばで消えてしまったみんなの分も、誰よりも強くならなくちゃならなかったから。

そして私は青臭い程に純粋な瞳の輝きを持つ、少年と少女に敗れた。

彼と彼女を見ていて思った事がある。


――あの日。


「まあ、お前にも色々と事情があったんだな」

地面に這いつくばる私に、少年がそう言葉を浴びせた。

「結局、最強を目指す事が、擬態を使ってまで生き延びた……私なりの師匠やみんなへの償い……だったのかねぇ……？　でも、今はその方法は間違いだったような気もするよ」

「だったらさ、違う形で償えばいいんじゃないか？」

「違う形？　それはどういう形なんだい？」

そこで少年は首を左右に振った。

「それは俺の考えるこっちゃねーだろ？　お前がこれから先に考えていく事だ」

「まあ、そりゃあそうなんだろうね」

そこで水色の髪の少女が私にこう言ったのだ。

「……償いや弔いの方法なら本に書いてる。一番……貴方が適切だと思う方法の記載を探してみればいい。驚くくらいに暇だから……時間はある」


――と、そんな感じで私は図書館に就職する事になった。

今日も今日とて、本を読む傍らに、図書館の中庭で剣の腕を磨く日々だ。

「お嬢ちゃんの言うように本当に暇で……時間も大いにある」

これから先、何をするにしても一度自分を見つめなおすために、こういう時間は絶対に必要だったんだろうとは思う。

里を訪れた時から金線が五本の服も貰い、一か月前の祭――トーナメントでは龍王に負けて決勝敗退。

おかげさまで国賓待遇で迎えられているし、居心地も悪くない。

そうして、私は今日も龍王の大図書館で司書として受付席に座っている。

陽炎の塔の事件から、いかほどの時間が経過したのだろうか。

――聞くところによると、水色の髪の少女はリュート＝マクレーンと共に、龍魔術を行使して八面六臂の活躍を見せているらしい。

そんな彼らの情報を伝える書物が入荷するたび、何故だか我が事のように笑みが止まらない。
まあ、私を負かした女が世間に認められていくサマを見るのは――

――気分が悪いものではない。

エピローグ

時刻は夕暮れ。

一面の朱色に、若干の藍色が混じり生ぬるい風が吹いた。

草原に東西に延びる長い長い一本道。

この街道は北西の港町と大陸内部を結んでいて、海路経由の交易品や、あるいはサバやサーモンなんかの海産物の燻製などの運搬に使用される。

逢魔が時とは良く言ったもので、陽が沈むここから先の時間は盗賊や魔物が闊歩《かっぽ》する時間だ。

行商人は早々に宿場街に腰を落ち着けていて、街道に人通りは皆無。

こんな時間にうろつき回る人間は、よほどの強者か、あるいは盗賊以外にありえない。

「……勇者：コーデリア＝オールストンとお見受けする」

「ん？　いかにも……そうだけど？」

コーデリアは訝し気に質問に応じた。

まあ、怪訝に思うのも無理はない。

何しろ、質問してきた黒のローブを身にまとった少女は鼻から上と頬を隠す、アゲハ蝶みたいな形の仮面を被っていたのだから。

そこで仮面の少女――リリスはコーデリアにこう尋ねた。

「……私と手合わせ願えないだろうか？」

「ハァ？」

コーデリアの反応ももっともだ。

何しろ昨日、リリスに言われた時は俺も全く同じ反応をしたんだからな。


――自分の力を試してみたい。


そんな事をリリスが言い出したのは陽炎の塔から宿に戻って数日後、つまりは昨日の出来事だった。

陽炎の塔で自信を得たのだろう。

まあ、やりたいって言うんだから特に止める必要もない。

今のリリスならコーデリアの相手としても遜色がないから、コーデリアの強化という意味では有益だろう。

そこで俺が提案したのが身バレを防ぐための仮面という訳だ。

前回の邪龍討伐時にリリスとコーデリアの面通しは終わっちまってるから、まあ、これは仕方ない。

「手合わせね……また売名の類？」

「……違う。これは自分自身に対する……試験」

「ふーん。まあ結局はアンタも自分の名前を上げたいだけの命知らずなんでしょ？　悪いケド……アンタみたいな手合いが絡んでくるのは私の日常なのよね。正直、付き合いきれないよ？　話し合いで解決できない？」

コーデリアが肩をすくめ、そしてリリスは口元に笑みを浮かべた。

「……やはり、甘い。戦闘を開始するのに貴方の了承など……必要ないというのに」

「え？　何を言って……？」

コーデリアの背後に百近い炎の球が浮かんでいた。

リリスは無数の汎用攻撃魔法をいつの間にか展開させていたのだ。

「汎用の中では上位魔法……それぞれは大したことはないけど……この数は尋常じゃないわね」

コーデリアは剣を鞘から抜いた。

と、同時にリリスは指をパチリと鳴らした。

すると一斉にリリスの展開させていた魔法がコーデリアに襲い掛かっていく。

コーデリアは背後に振り向き、数回——宙に向かって剣を振り回す。

そこで、リリス……だけじゃなく俺も絶句した。

なんせ、一振りで数十という単位の魔法術式が掻き消される。それが数回行われ、リリスの仕掛けた百近い魔法は簡単に全て消されてしまったのだから。

「私はガチガチの近接職。だからこそ……遠距離魔法対策が必要なのよ。それが故の……神託の聖剣。効果は魔封じ」

「なるほど。聖剣は伊達ではない……か」

まあ、要は剣を振った方向に展開されている魔術式をある程度無効にしてしまうというアーティファクトだ。

本の知識では知っていたが、実際に見ると想像以上だった。

これまたチートな性能だな……と思うが勇者の聖剣なんだからこれ位は当たり前か。

ぶっちゃけ、サブウェポンとしては有効っぽいので一振り欲しくなった。

「多少は腕に覚えがあるみたいだけど、まあ、見ての通りにアンタに勝ち目はないから」

そこでリリスは再度口元に笑みを浮かべた。

「……先ほど甘いと指摘したはず。何故に自分が優位だと思い油断する？　何故にこれに気付かない？」

「どういうコト？」

「……足元がお留守ということ」

地中から白色に輝く光のワームが飛び出してくる。

そしてコーデリアの両足に絡み付き、彼女の足の自由を奪う。

バランスを崩したコーデリアは地面に倒れ、そして更に光のワームが地面から飛び出してきた。

足の次はコーデリアの両手に絡み付き、手錠のように束縛を完了させた。

「ちょっと⁉　何よ！　何なのよコレっ⁉」

これは本当にコーデリアの対応がお粗末だ。

リリスはこれを仕掛けるために煙幕として百の魔法を展開させていた。

そして、それと同時に地中に束縛のワームを放っていたのだ。

これはバインドと呼ばれる魔法で、汎用魔法の一種だが、一般には知られていない。

と言うよりは正確に言うのであればロスト・マジックに分類されるシロモノで、魔法大学院の図書館の奥深くであれば名前だけは記されている書物もあるかもしれない。

まあ、要は龍の里の図書館でも保存状態が解読ギリギリになっていたような古い魔術書に載っていたような……古代に失われた魔法だ。

「くっそ……フンっ！」

とはいえ、コーデリアは脳筋中の脳筋だ。

解呪もクソもなく、ただ腕力で光の束縛を引きちぎった。

「さすがにちょっと油断した……って……えっ？」

コーデリアの周囲を身長百五十センチ程度の土塊の塊――ゴーレムが三十体程囲んでいた。

これも当然、リリスが作り出した魔道生物だ。

「駆け出し冒険者ですら話にならないような低レベルのゴーレムを大量生成して……どういうつもり？　何か狙いでもあるの？　まさか、それで私の足止めでもさせようってんなら、とんだお笑い種ね？」

「……驚いた」

「驚いた？」

「……無数のゴーレムに足止めをさせようとしていたことを、貴方のような脳筋に見抜かれるとは」

「アンタ……本気で言ってるの？　あれだけの数の魔法を展開させることができるような実力者が……本当にそんなゴーレムで私をどうこうできると思ったの？　っていうかアンタ……本気出してないよね？」

「……ふふ。まあ、確かに私は全力を出してはいない。何故なら――私はこれから一年程度、私以上の相手に囲まれる生活となる。圧倒的戦力差の上でどう立ち回るか。本気を出さない上で貴方と戦い、そして制す。それ位の事ができなければ……自分を試すための試験にはならない」

　そこでリリスは右手の掌を突き出し、ジャンケンで言うところのパーを作った。

「……5……4……3……」

　一本一本、数が減る度に、開いた掌の指も一本一本折って減っていく。

「カウントダウン？　何のつもり？」

「……2……1……アウト。ゴーレムの展開当初から私が貴方に何かを仕掛けようとしていたのは知っての通り。そうであれば取るべき行動は……開幕当初から全力で剣撃によるラッシュ。それで一気に押し切る――ただそれだけ」

「ちょっとアンタ、さっきから訳わからない……こ…………と…………ば…………か……り…………ア…………レ……？」

カクンとコーデリアは膝をついた。

「何……コ…………レ………」

リリスはコーデリアの背後を指さした。

そこには香炉が置かれており、無色無臭のガスが発生していた。

「……エクス・マンドラゴラ」

そこで俺の背中にゾクリと汗が走る。

開幕早々の舌戦と術式展開。そしてロスト・マジック。見掛け倒しのゴーレムから始まる、意図的な時間稼ぎの無駄話。

それらすべてがフェイク。

で——本命はコレだ。

コイツ……本気で喧嘩が上手いっ！

正直、俺も驚いた。

戦法自体は俺のパクリではあるが、そこに至るまでの過程が……とんでもない。

全ての行動がそこにつなげるためだけの布石。

龍魔術も使わずにリリスがここまでコーデリアを圧倒するとは夢にも思わなかった。

「……これで生殺の与奪は私に委ねられた。やはり凡人でも……戦い方次第では勇者相手でも一本は取れる。あるいはSランクのその先の領域でも……立ち回り次第では……何とか……」

が、そこでコーデリアが最後の意地を見せる。

彼女の瞳に朱色の炎が灯った。

「……バーサーカーモード……まさかこんなところで使う事になろうとはね？　っていうか、欲望を折伏できる……いや、脳内麻薬の分泌を自在に操れる私にマンドラゴラなんて通用しないっ！」

おいおいコーデリア……マジかよ。

それって禁術じゃねーか……。よっぽどの状況じゃなければ人間相手に使っていい物じゃねーだろうに。

いや、事情を知らないコーデリアからすれば、今は命の危機か。

「私の全てを貴方にぶつけてあげるわ。タイムリミットは一分！　音速剣舞……受けきれるものなら受けきってみなさいっ！」

コーデリアは立ち上がり、ロレツもしっかりとしている。

どうやらエクス・マンドラゴラの効果も打ち消されたようだ。

まあ、そりゃあそうだ。

コーデリアの使用している技は、そもそも精神の乱れの全てを制御下に置いて、魔力を暴走させてなおかつ無理矢理に制御させるという術なんだからな。

幻覚成分によるトリップもまた、脳内麻薬やらの結果によって起きるモノではそれも当然にして制御下に入る。

そこでリリスは杖を高々と構える。

「……コーデリア＝オールストン。私もまた、貴方に全てをぶつけたくなった」

リリスの額に第三の瞳が開く。

龍人化だ。

瞬時にリリスの杖に高密度のエネルギーが集積されていく。

「何……コレ……？　何なのこの魔力密度……？　馬鹿げている……この周辺にSランク級の冒険者……あるいは討伐難易度Sみたいな魔物は存在しないはず……」

見る間にコーデリアの表情が蒼ざめる。

全MPを引き換えにするリリスの極大魔法だ。

今のコーデリアではまともに喰らえば、下手すれば即死する可能性すらあって、この一撃だけを言うならSランク級冒険者でも十分に通用するだろう。

「これじゃあ私も手加減してらんないわね……できれば四肢欠損位でとどめたいけど……最悪……死んでも恨まないでね？」

「……それはこちらのセリフ。勇者相手に手加減できる道理はない。私の全力を……受け止めてみせろ——コーデリア＝オールストンっ！」

どうやら二人とも試合ではなく死合いをやる気マンマンのようだ。

ってかリリス……。

「このバカ……金色咆哮をぶっ放す気かよ！　ってか、どっちか死ぬ勢いだろこれ⁉　ちょっと待てお前等っ！！！！」

全力で俺は駆け出した。

音速を突破し、まずはリリスの背後に回る。そして延髄に手刀を一撃。

リリスはその場に糸の切れたマリオネットのように崩れ落ちた。

そして次に、俺はコーデリアの背後に回ろうとして——コーデリアは俺が背後に回ると同時に、後方に向き直った。

くっそ、さすがに近接職だな。

俺のスピードをギリギリに目で追えて、対応までできるみたいだ。

突然の乱入者にコーデリアは警戒心を持って剣を構えるが、彼女は俺の顔を確認し、すぐさまに弛緩した空気に包まれた。


「えっ？　リュー……トっ……そげぶっ！」


更にもう一度、ステップを踏んで背後に回り延髄に手刀を一撃。

「戦闘中に油断するなよ馬鹿野郎っ！」

そして俺は頭を抱える。

とんでもないレベルの美形の戦乙女二人が地面に倒れている。

二人とも、俺が殴り倒した訳で…………なんだか俺が凄く悪いみたいだ。

「それもこれも全部……こんな街道で殺し合いを始めようとしたお前等が悪い」

自分への言い訳にも似た言葉を吐いて、俺は肩をすくめた。


それから――

俺はコーデリアを宿場街まで運び、宿屋の兄ちゃんに金を握らせて個室のベッドまで運ばせた。

そしてリリスを背負ったまま数時間歩き、別の宿場街で眠りについた。


そして翌日。

朝食を終えた俺達は宿を出る。

「……さあ行こうリュート。貴方は次に私をどこへ連れて行ってくれる？」

「そういえば……お前は龍の里に帰るんじゃなかったのか？」

フルフルとリリスは首を左右に振る。

「……いや、私は行く。貴方と共にこの道を行く」

「しかしお前……実は喧嘩が上手かったのな？」

そこでリリスは心外だという風に露骨に顔をしかめた。

「……あれは喧嘩が上手い……ではなく、事前に作戦を立てていただけ。リュートから聞いていたコーデリア＝オールストンの人となり、そして私の知っているコーデリア＝オールストンの戦力……色んなことを考えた上での作戦。そしてそれがハマっただけ」

「なるほどな」

「……そして、それはリュートが龍の里に現れる前からずっとずっと……強くなるためにしていた事のはず。現状を分析し、方法を模索し、そして覚悟を決めて突き進む。ただそれだけの事」

「…………」

「未来は定められてはいない。生まれながらに与えられた境遇や才能、そして能力。そこにはやはり格差はあって、それは絶望的な差でもある。でも、それでも……やり方によっては……本当にそれは難しい事かもしれないけれど、でも……やり方さえ間違えなければ、必ず絶望的な未来を変える事はできる。リュートを見ていてそれを私は学んだ」

「別に俺は大した事はしてねーぜ？」

「ただの村人がSランク級に到達し、その更に上の領域を当然の如くに視野に入れている。これを才能を持たぬ私達の、目指すべき稀有なる成功例以外の何物であると捉えれば良いのだろう？」

しばし考え、俺は微笑と共に頷いた。

リリスの言う通りだ。

実際に俺は未来を変えている。

前回の、あの時、モーゼズに殺されると定められていた未来は変えた。

あるいはコーデリアの背中を追いかけるだけの未来を変えて……俺は今、ここにいる。

「ああ、そうだな」

「……レベルでも龍人化でも龍の秘術でもなく、一番大切なのはその心構えと……覚悟。そういう意味では私は図書館で籠っていた時の私とは違う」

「うん、そうだな」

「……感謝している。そのことに気付かせてもらえたことに」

そこでリリスはしばし押し黙った。

「……私の扱う魔法と、そして知っている常識は全て本から学習したもの。だが、感謝の気持ちを伝える術は……どの本にも書いていないので……残念ながら私は持ち合わせていない……不器用ですまないと思う」

そう言って、リリスはこの世のものとは思えない程に愛らしい表情で笑った。

「……リュート……ありがとう」

「どういたしまして」

「……うん」

「後な、リリス？」

「何？」

「感謝の気持ちはちゃんと伝わったぞ」

「……うん」

俺達の前に広がるのは地平線まで続く一本道。

リリスは頬を染めながら俺に手を差し出してくる。

「……行こう。一緒に」

「そうだな」

そうして俺はリリスの差し出す手を取った。

しばらく歩くと、陽気な風が彼女の水色の髪をさらりと撫でる。

愛らしく、そして可憐な彼女の笑顔に負けないように、街道に咲くコスモスが満開の花を咲かせていた。

あとがき

筆者の白石新と申します。今回は完全描き下ろしです。ネットには載ってません。

おかげさまで小説1巻の売り上げも好調のようです。

KADOKAWA様の漫画月刊誌であるドラゴンエイジ様で漫画連載も始まりました。

思えば、昨年の2月にネットに小説を投稿した際にはここまでトントン拍子に話が進むとは夢にも思わなかったです。全てはネット版から応援してくれている読者様、そして書店で手に取ってくださった読者様のおかげです。

本当にありがとうございます。


さて、2巻の内容です。

ズバリ、そして再度言いますと、ネット版は完全に無視で完全描き下ろしです。お得です。

身も蓋も無い言い方をしますと、買っていただけると長期シリーズ化する可能性も高まりますので是非ともお願いします。複数買いもオッケー、いや是非とも……おいちょっと担当編集何するやめろ！　………コホン。と、半ば冗談半ば本気のアレコレはおいといて、そんな感じで、ネット版のエピソードを極々一部流用していますが全体の95パー以上の描き下ろしとなります。お得です。

ネット版では既にリュートは笑える位に最強になっていますが、2巻時点では人類最上位クラス程度です。ネット版では完全にカットとなっていた、如何にしてリュートがぶっちぎりの最強になったのか……という辺りがメインエピソードとなっています。

前巻と同じく、悪・即・スカっと……斬！

コーデリアとリリスのダブルヒロインでの、すったもんだもあったりしますが基本的にはその流れでいきます
最後に謝辞です。

イラスト担当の白蘇ふぁみ様。今回も美麗なイラストありがとうございます。

担当編集のO様。いつもこちらの無茶振りを可能な限り実現してくれてありがとうございます。

本当に色んな事まで何から何まで、オッケーであれば言う事聞いてくださってありがとうございます。そしてダメなら一蹴で、そして瞬間でダメって言って下さるあたりも素敵です。

そして何より読者の皆様方。

おかげさまで2巻ないし3巻での早期打ち切りの心配はしないですみそうです。

全ては皆様のおかげです。ありがとうございました。

GC NOVELS

村《むら》人《びと》ですが何《なに》か？

2

2017年3月3日　初版発行
2017年9月29日　第2刷発行

著者
白石新《しらいしあらた》

イラスト
白蘇《しらそ》ふぁみ

発行人
武内静夫

編集
小川麻衣

装丁
横尾清隆

印刷所
株式会社平河工業社

発行
株式会社マイクロマガジン社
〒104-0041 東京都中央区新富1-3-7 ヨドコウビル
［販売部］TEL 03-3206-1641／FAX 03-3551-1208
［編集部］TEL 03-3551-9563／FAX 03-3297-0180
http://micromagazine.net/

ISBN978-4-89637-617-3 C0093

本書は小説投稿サイト「小説家になろう」(http://syosetu.com/)に掲載されていたものを、加筆の上書籍化したものです。

ファンレター、作品のご感想をお待ちしています！

［ 宛 先 ］
〒104-0041 東京都中央区新富1-3-7 ヨドコウビル
株式会社マイクロマガジン社　GCノベルズ編集部
「白石新先生」係「白蘇ふぁみ先生」係

二次元コードまたはURL(http://micromagazine.net/me/)をご利用の上、本書に関するアンケートにご協力ください。

■ご協力いただいた方全員に、書き下ろし特典をプレゼント！
■スマートフォンにも対応しています（一部対応していない機種もあります）。
■サイトへのアクセス、登録・メール送信時の際にかかる通信費はご負担ください。